한강을
읽는다

차례

2024년 10월 10일 저녁 속보를 접하고 대한민국 국민
은 다 같이 환호성을 터뜨렸다. 노벨문학상 수상자로 소
설가 한강이 선정되었다는 낭보였다. 아시아 작가로 다
섯 번째, 아시아 여성 작가로서 첫 수상이라는 영광스러
운 기록을 세운 한강과 그녀의 작품에 관한 보도가 연이
어 지면을 뜨겁게 달구었다. 그동안 노벨문학상은 남의
나라 잔치라고 치부해왔다. 그런데 2024년 노벨문학상
은 우리나라 잔치가 되었다. 뜻밖의 기쁜 뉴스를 접하고
나도 들뜬 마음으로 며칠을 보냈다.『소년이 온다』와『작

별하지 않는다』 등의 북토크를 진행하면서 그녀와 인연을 맺었던 옛 기억도 새삼 떠올랐다.

축하를 전하는 가장 좋은 방식은 역시 그녀의 작품을 다시 읽고 독자와 논하는 일이 아닐까. 노벨문학상 수상 소식이 전해진 후 그녀가 쓴 여러 책이 종합 베스트셀러가 되었지만, 밀도 있는 미학적 문장으로 진지한 주제 의식을 밀어붙이는 한강 작품을 해석하기는 전문 독자를 자처하는 문학평론가에게도 쉬운 일이 아니다. 그래도 그녀의 저작을 꾸준히 따라 읽고 다양한 자리에서 작품을 소개한 경험을 살려, 이제 막 한강 문학에 입문하려는 사람에게 그녀가 쓴 좋은 문장을 거론하며 소소한 안내 정도는 할 수 있겠다 싶었다. 그렇게 이 책을 기획하였다.

한강 소설을 비평한 원고가 단행본으로 묶여 출간된 앞선 사례가 있기는 하다. 그러나 특정한 작품에만 국한하여 논의가 진행됨으로써 한강 문학의 전체상을 살펴보기 어렵거나, 학술 논문 형태의 구성을 취해 일반 독자의 접근이 제한되었다. 그리하여 이 책은 두 가지 원칙을 세우고 만들었다. 첫째, 한강 문학의 대략적인 지형도를 검토할 수 있는 그녀의 대표작 다섯 권을 선정할 것. 둘째, 소수 연구자만 읽는 학술 논문 형태가 아닌 대중적 글쓰기 방식을 지향할 것.

첫째 원칙에 따라, 『채식주의자』, 『희랍어 시간』, 『소년이 온다』, 『흰』, 『작별하지 않는다』를 해설 대상으로 삼았다. 『채식주의자』에 앞서 출간된 『여수의 사랑』이나 『검은 사슴』, 그리고 시집 『서랍에 저녁을 넣어 두었다』 등을 다루지 못한 것은 이 책의 한계로 지적될 수밖에 없다. 이를 보완할 수 있는 책은 차후를 기약하면서, 우리는 한강 문학의 현재성에 집중하기로 합의점을 모았다. 수상자 발표 당시 노벨문학상 위원회의 심사평을 준용하여 "역사적 트라우마에 맞서고 인간 삶의 연약함을 드러내는 강렬한 시적 산문을 성취"하고, "육체와 영혼, 살아있는 자와 죽은 자 사이의 연결에 대한 독특한 인식"을 보여주는 작품을 고르는 것이 합당하다고 여긴 까닭이다.

대중적 글쓰기 방식을 지향한다는 둘째 원칙은 글을

써나가는 내내 필자들이 염두에 두었으나, 흡족한 결과
물을 내놓기가 쉽지는 않았다. (본인의 역량 부족도 있겠
지만) 앞서 밝힌 대로 한강 소설 자체가 심오하고, 입체
적 분석이 필요하기에 그렇다. 복잡한 이야기를 억지로
평이하게 풀어내다 보면 하나 마나 한 서술에 그칠 위험
이 커지므로, 한강 소설에 담긴 메시지를 정밀하게 전하
는 동시에 대중적 글쓰기의 균형점을 찾는데 온 힘을 기
울였다. 한강 문학에 대해 유능하면서도 친절한 가이드
가 되자. 이와 같은 취지에 강경희, 김건형, 성현아, 최다
영 평론가가 공감해주었다. 중견 혹은 신인이라는 타이
틀과 관계없이 문학 현장에서 왕성한 비평 활동을 이어
나가는 현역 평론가들인 만큼, 한강 문학을 참신하게 바
라보는 시각이 돋보이는 글을 수록하였다.

　나는 우리나라를 넘어 전 세계에 열풍을 일으키고 있
는 한강 문학의 선전이 반가운 한편, 이것을 지속적으로
이어가는 충실성이 중요하다고 본다. 가볍고 트렌디한
이야기가 세간의 시선을 끌기 쉽지만, 묵직하게 인간의
실존과 역사의 무게를 대면하도록 이끄는 그녀의 작품

에 앞으로도 꾸준한 관심이 이어지기를 소망한다. 그것은 세밀하게 문맥의 의미를 파악하고, 자기 감상을 다른 사람과 꾸준히 나누는 데에서 시작하리라. 그러는 데 이 책이 적잖은 도움이 되리라 생각한다.

2025년 1월

이 책의 기획자로서 필자들을 대신하여 허희

채식주의자

지구를 받치는 나무 자매들의 비폭력 무저항 선언문
— 돌봄의 역설, 인류의 역설 너머로

·

김건형

『채식주의자』(2024, 창비)

『채식주의자』는 국내외 주요 문학상을 여러 번 수상하며 한강 붐을 불러일으킨 소설이지만, 처음 접하는 독자에게는 다소 낯설게 느껴질지도 모른다. 소설을 읽을 때, 일반적으로 우리는 주인공에게 감정을 이입하지만, 『채식주의자』는 이야기를 전달하는 화자가 영혜가 아니기도 하고, 언뜻 보기에는 비합리적인 영혜의 고집 때문에 감정을 이입하기가 쉽지 않을 수도 있다. 게다가 「몽고반점」의 도발적인 성적 묘사를 염려한 교육 당국이 '금서'로 지정하는 소동이 있기도 했다.

하지만 바로 이런 점 때문에 통념적인 이야기이길 거부하는 『채식주의자』만의 독특한 힘이 생겨나기도 한다. 일상적인 언어/규범을 넘어서는 절실한 몸짓을 담은 소설인 만큼, 모종의 불편함을 느꼈다면 오히려 『채식주의자』를 제대로 읽었다는 증거일지도 모른다. 따라서 나는 이러한 불편함을 피하거나 무시하지 말고 왜, 무엇 때문에 불편한지를 되묻고 의미화하는 작업이야말로 『채식주의자』를 더 깊이 읽는 방법이라고 생각한다.

1

평범하고 일상적인 가장 보통의 악
– 가족과 보신

『채식주의자』를 구성하는 세 편의 연작소설 「채식주의자」, 「몽고반점」, 「나무 불꽃」은 모두 주변 사람들이 영혜를 관찰하는 구도로 쓰였다. 다시 말해 영혜가 직접 자신의 결심을 말하는 것이 아니라, 지극히 평범하게 일상을 살던 주변 가족들이 채식과 나무 되기에 대한 영혜의 강박이 얼마나 이상하고 비정상적인지를 관찰하는 방식이다. 이 구도는 『채식주의자』를 해석하는 중요한 열쇠다. 주변의 '정상인'들이 영혜를 바라보는 '현실적인' 시선을 농축해냄으로써, 이를 뒤집어 보면 그 현실적 시선

이야말로 이상하다는 것을 폭로하는 장치다.

먼저 「채식주의자」의 서두는 화자, 곧 영혜의 남편이 그동안 아무 탈 없이 평범하게 잘 살아오다 갑자기 아내가 채식을 하면서 모든 것이 불편해지기 시작했다고 투덜거리면서 시작한다. 그는 영혜의 갑작스러운 변화를 계기로, 평범했던 과거와 지금의 이상한 상황을 대비하면서 아내를 채점하듯 꼼꼼히 평가하기 시작한다.

그가 매우 평범하면서도 특별한 매력도 단점도 없는 영혜와 결혼한 것은 지극히 자연스러운 선택이었다. 자신은 교양과 학벌, 재력, 외모, 체형 모두 평범하다. 심지어 남모를 열등감을 느끼는 작은 성기까지도 평범하다. 아내 역시 자신과 마찬가지로 평범하다. 다른 여자와 비교해 과분하지도 모자라지도 않는 아내 덕분에 그동안 일상에 특별히 문제 될 게 없었기에 스스로 만족감과 편안함을 느끼고 있었다. 이것이 바로 그가 세속적 기준, 다시 말해 다소 까다롭지만 가장 현실적인 기준으로 영혜를 아내로 선택한 이유였다.

그가 생각하는 평범한 아내의 역할은, 다른 남편과 비

교했을 때 열등감이나 위축감이 들지 않도록 바가지를 긁지 않고 아침 출근길마다 밥을 차려주는 것이다. 굳이 다른 사회 활동을 한다면 가계에 보탬이 되는 소소한 아르바이트를 하면서 가정에 편안함을 제공하는 데 소홀함이 없을 정도일 것. 그렇게 남편에게 정서적 자신감과 물질적 편안함을 제공해주는 데 문제없는 순조로운 결혼생활이야말로 그가 생각하는 평범한 삶이고 최고의 미덕이다.

자기에게 편안함만 제공된다면 다른 문제에는 어떤 관심도 기울이지 않는 그는 자신을 보살피는 시간 외에 영혜가 무엇을 하는지 전혀 궁금해하지 않는다. 아내의 취미는 기껏 책 읽기에 불과하고 그마저도 매우 따분한 취미라고 일축할 뿐이다. 어느 순간, 뭔가 이상한 조짐을 어렴풋이 느끼지만, 아내의 건강과 정서 상태를 걱정하기보다는 아침 반찬과 냉장고 속 식재료 가격, 출근할 때 배웅해주는 뒷바라지가 멈춘 것을 먼저 걱정한다. 원래는 무던했던 영혜의 식성을 회상하는 장면도 남편을 위해 고기를 굽거나 그가 좋아하는 주말 특별식 메뉴를 근거로 한다. 그는 영혜가 변화하고 난 뒤, 아내 대신에 밥상을 챙기고 청소해 주는 누이나 파출부와 함께 살고 있다고 생각해보려 애쓰지만, 사실 이미 그전부터 그런 존재와 살아온 것이다.

다만 현재 가장 불편한 점은 영혜가 더는 자신과 잠자리를 같이 하지 않는다는 점이다. 그래서 장기간 금욕은 한창때의 남자에게 견디기 어려운 일이라고 합리화하면서 영혜의 거부를 무시하고 부부 강간을 범하고 만다. 성적 자기 결정권까지 훼손당한 영혜는 마치 종군위안부처럼 멍한 얼굴로 가만히 있기만 해서 그에게 죄책감을 불러일으킨다. 영혜의 무반응에 그는 도리어 영혜에 대한 염오감까지 느낀다.

이처럼 '정상적인 부부'란 본디 여성의 정서적, 신체적, 성적 에너지가 한 방향으로 끊임없이 이동하는 한에서 가능했다. 영혜가 일방적 에너지 이전을 거부하면서부터 기존의 정상성은 곧바로 무너진다. 그 이동을 멈추기만 해도 그는 곧바로 영혜를 이기적이고 자기중심적이며 비이성적인 여자라고 자신 있게 비판할 수 있다. 그런 점에서 가족을 먹여 살리는 여성의 '살림살이'는 따뜻한 돌봄이자 배려이기도 하지만, 동시에 여성은 '덜' 살게 만드는 미시적인 착취의 구조이기도 했던 셈이다.

이러한 일방적 에너지 이동은 남성의 사회적 지위, 체면과도 밀접하다. 사장이 초대한 부부 동반 모임에서 영혜는 채식을 고집하며 손님들을 불편하게 한다. 그는 자신까지 이상한 사람으로 묶어 경원시하는 시선을 의식한다. 중요한 자리에서까지 자기 편할 대로 가슴을 드러낼 뿐 아니라, 남편을 위해 인간관계에 기름칠해야 하는 여성적 감정 노동에도 무관심한 영혜의 태도는 남편의 무능함을 증명하는 증거다. 여성(의 신체, 정서, 성)을 효과적으로 관리해야 남성의 (업무) 능력이 더욱 높게 평가되는 세상의 질서에 철저히 무관심한 영혜는, 그에게 사회적 수치심과 무력감을 준다. 한국의 전형적인 '선량한 가부장'은 자신의 노동을 (사회적 자아실현이라고 생각하기보다) 가족을 위해 (다른 남성에게 잘 보여야 하는) '희생'으로 간주하곤 한다. 그러니 집 밖에서 겪은 남편의 굴욕에 대해 집 안의 아내가 이를 보상해주는 것을 그의 당연한 권리·대가로 생각하는 것이다.

이렇게 암묵적이고 자연스러운 '계약'을 위반한 영혜 때문에 잔뜩 화가 난 그는 처가 식구(중에서도 여성들)에게 전화를 걸어 억울함을 호소한다. 그렇다고 그가 특별히 악한 사람이라고 보긴 어렵다. 오히려 그는 고기를 강제로 먹이려다 분을 참지 못하는 영혜 아버지의 폭력에 놀라기도 한다. 신세대 가부장인 그는 그저 아버지 세대의 가부장들이 미리 닦아 놓은 이성애 결혼생활의 경로를 충실히 (물론 조금 덜 권위적으로) 따라왔는데, 예상치 못한 하자를 발견했다는 일종의 A/S를 신청한 것뿐이다. 분명 결혼–계약할 때 집안 내력에서 유전적 정신질환은 없지 않았냐고 속으로 중얼거리면서. 그는 처가에 전화를 걸어 집에서 요즘 고기 맛을 보지 못했다고 하소연한 뒤에야 영혜의 몸이 허약해졌다고 덧붙인다. 마치 빚을 받아내듯 순서대로 처가 식구들에게 경악과 사죄, 영혜를 치료해놓겠다는 다짐을 받아낸다. 가족들은 일제히 딸, 동생의 잘못에 대해 '정서방'에게 면목이 없다며 대신 사죄한다.

원래 아내의 역할대로라면 영혜는 장모가 보낸 수십만 원어치의 바닷장어를 정성스럽게 손질해 남편에게 먹여야 했다. 한국의 보신 문화 속에서는 남편의 정력(과 자신감)을 위해 몸보신을 제대로 해주는 것이 시집간 딸이 해야 할 일이다. 그래서 그에게마저 권위적이고 가부장적으로 평가받던 장인어른이 사과까지 한다. 남편의 신체적, 정서적 에너지를 채워주는 딸-며느리의 돌봄 노동을 통해서 유지되던 부계 가족 간의 체면 경제가 무너졌기 때문이다.

영혜 아버지는 베트남전 파병을 일생의 자랑으로 삼으며 집안에 권력을 행사해온 가부장답게, 마치 단식으로 저항하는 정치범에게 강제 급식을 하듯, 완력으로 영혜에게 고기를 먹인다. 아무리 고기를 안 먹는다고 말해도 소용이 없다. 영혜는 자신의 의사와 무관하게 사위 볼낯을 세우기 위해 사위 앞에서 아버지가 기획한 연극 무대 위의 소품에 불과한 것이다. 아무리 처절하게 반복해서 말해도 아버지-남편은 들을 생각이 없다. 딸-아내가 해서는 안 되는 말이기 때문이다. 최소한의 신체 통제권마저 잃은 영혜는, 애초부터 이 '비정상적'인 세계에서 여성에게 '정상적'인 말이 허용되지 않았음을 깨닫게 된다.

2

살림의 역설, 돌봄의 공포
– 육식과 꿈

영혜가 칼로 자해를 하면서까지 고집스럽게 강제 육식을 거부하고 난 다음에, 마치 기절한 영혜의 꿈속인 듯한 또 다른 충격적인 장면이 이어진다. 어린 영혜가 보는 앞에서 아버지가 개를 오토바이에 매달아 강제로 끌고 가 도살한 다음 시장 골목의 아저씨들과 몸보신을 위한 잔치를 벌였던 기억이다. 자신을 물었던 괘씸한 동물이니 받아 마땅한 벌이라고 생각하면서, 고통에 몸부림치는 개의 핏물 고인 두 눈을 들여다봤던 것을 기억한다. 영리하다고 좋아하며 흰둥이라는 이름까지 붙여줬지만,

누린내 나는 국밥이 된 그 개를 아무렇지도 않게 먹었던 기억이다. 자신을 물었던 개에게 복수하려면 고문하고 살해해서 먹어야 한다는 아버지의 말. 그것은 아마도 다친 딸을 위해 복수해주고 또 몸보신을 시켜주고 싶었을 아버지의 애틋한 마음이기도 할 터이다.

어머니의 끈질긴 모성애 역시 마찬가지여서, 영혜의 회복에 도움이 될까 싶어 흑염소 한약을 억지로 먹이려 한다. 네가 고기를 먹지 않으면 세상 사람들이 널 잡아먹을 것이라는 어머니의 걱정은 무척이나 간절하다. 어머니는 다른 사람에게 약한 모습으로 보이면 도태되거나 생존 경쟁에서 살아남기 힘들기에 그렇게 되지 않으려면 고기를 먹고 힘을 내야 한다고 영혜를 설득한다. 모성애와 부성애 모두 딸을 돌보고 치유해주기 위해서 다른 생명체의 고기를 먹이려 한다. 살리기 위해서는 죽여야 한다. 이것은 돌봄의 역설인 동시에 동물로서 인간의 역설적인 조건이기도 하다.

이 기묘한 역설은 망각과 무심함을 통해서 유지된다. 피를 토하며 강제로 끌려가면서 학대를 당했던 그 개의 두 눈을 잊어버리거나, 혹은 그 눈을 기억하더라도 정말 아무렇지 않다고 계속해서 다짐해야만 육식이 유지되는 것이다. 물론 현대 사회에서 동물을 공개적으로 고문하고 살해하는 문화, 특히 성인 남성의 마을 잔치였던 보신-공동체 문화는 위축되었다.

현재 개 식용은 불법화되었지만, 대신에 우리는 다른 동물을 강제로 감금하고, 과학적으로 식단을 관리하고, 억지로 먹여서 더 맛 좋은 고기를 얻고 있다. 동물에 대한 고문과 살해를 더 조직적으로, 제도적으로 가리고 있을 뿐 아니라, 현대 문명은 이것을 망각하거나 무시하는 여러 문화적 수단을 갖고 있다. 사장 부부가 초대한 회식 자리에서 영혜가 고기를 먹지 않겠다고 말하자 곧바로 문화적 저항을 받는다. 오십만 년 전부터 수렵의 흔적이 있었으니 육식은 인류의 본능이며, 그런 본능을 거스르는 채식은 자연스럽지 않다는 본성론이 제기된다. 골고루 먹는 것이 신체적, 정신적으로 원만하고 건강하다는 증거이기도 하다. 이 말은 건강-질병, 정상-비정상의 위계를 육식-채식에 부여한다. 종교나 질병같이 참작할 만한 예외적 사정을 먼저 제시하지 않는 한, 채식은 자연스러운 인간 본성을 따라 육식을 하는 '보편적 정상인'의 심기를 불편하게 한다. 일상에서 문화적으로 가려왔던 인간의 동물적 역설을 가시화하는 영혜의 '비정상적'인 태도 역시 편안한 기존 질서를 정지시키고, 뭔가 잊고 있던 것을 떠오르게 만들어 버렸다. 그래서 도리어 정상인에 대한 끔찍한 혐오 행위로, 역차별로 치부된다. 식사 자리의 즐거운 기분을 끔찍하게 망쳐 버리는 일종의 테러다.

이렇게까지 저항과 방해, 혐오와 조롱을 무릅쓰고 채식을 고집하는 이유가 무엇이냐고 물을 때마다 영혜는 꿈 이야기를 꺼낸다. 『채식주의자』는 중간중간 영혜의 꿈을 이탤릭체(기울여 쓰기)로 따로 표시해 병치하고 있다. 이는 남편이나 가족, 주변 사람의 일상적 눈으로는 이해할 수 없는, 그래서 화자가 발언권을 제대로 주지 않았던 영혜의 마음을 꿈속의 이미지로 추측해볼 수 있게 해준다.

첫 번째 꿈에서 영혜는 (문명인의 마음을 편안하게 하

도록 도시와 분리해 둔) 외딴 산속의 대규모 도축 공장을 헤매며 수백 개의 고깃덩어리가 막대에 매달려 있는 것을 본다. 여기서 묻은 피를 미처 지우지도 못한 채, 곧바로 어린이들이 즐겁게 소풍을 즐기는 동안 어른들이 고기를 굽는 장면이 이어진다. 즐거운 가족 나들이와 따뜻한 돌봄 이면에 감춰진 체계적 살해를 연속으로 배치해서 충격 효과를 만드는 것이다. 영혜는 자신의 일상 역시 그 피를 먹으면서 유지해 왔다는 것을 깨닫게 된다. 그래서 이빨에 닿는 고기의 감촉이 낯설어지고 자신의 피 묻은 얼굴이 끔찍해졌다. 공포영화를 연상케 하는 이 꿈은 그저 한 번의 악몽에 불과한 것이 아니다. 다른 육체의 에너지를 흡수하여 가족의 정상성, 즐거움이 유지된다는 세상의 구성 원리에서 영혜 자신도 벗어나 있지 않기 때문이다.

그 꿈을 꾸기 전날 아침 난 얼어붙은 고기를 썰고 있었지. 당신이 화를 내며 재촉했어.

제기랄, 그렇게 꾸물대고 있을 거야?

알지, 당신이 서두를 때면 나는 정신을 못 차리지. 다른 사람이 된 것처럼 허둥대고, 그래서 오히려 일들이 뒤엉키지. 빨리, 더 빨리. 칼을 쥔 손이 바빠서 목덜미가 뜨거워졌어. 갑자기 도마가 앞으로 밀렸어. 손가락을 벤 것, 식칼의 이가 나간 건 그 찰나야.

검지손가락을 들어올리자 붉은 핏방울 하나가 빠르게 피어나고 있었어. 둥글게, 더 둥글게. 손가락을 입속에 넣자 마음이 편안해졌어. 선홍빛의 색깔과 함께, 이상하게도 그 들큼한 맛이 나를 진정시키는 것 같았어.

두 번째로 집은 불고기를 우물거리다가 당신은 입에 든 걸 뱉어냈지. 반짝이는 걸 골라 들고 고함을 질렀지.

뭐야, 이건! 칼조각 아냐!

일그러진 얼굴로 날뛰는 당신을 나는 우두커니 바라보았어.

그냥 삼켰으면 어쩔 뻔했어! 죽을 뻔했잖아!

왜 나는 그때 놀라지 않았을까. 오히려 더욱 침착해졌어. 마치 서늘한 손이 내 이마를 짚어준 것 같아. 문득 썰물처럼, 나를 둘러싼 모든 것이 미끄러지듯 밀려나갔어. 식

탁이, 당신이, 부엌의 모든 가구들이. 나와, 내가 앉은 의자
만 무한한 공간 속에 남은 것 같았어.

　남편의 아침 식사를 위해 다른 고기를 썰던 영혜는, 자신의 감정과 신체 역시 남편을 돌보고 먹이기 위해 조금씩 죽어가고 있었다는 것을 깨닫게 된다. 고기와 여성 사이의 유사성을 불현듯 깨닫게 되면서 자신을 둘러싸고 있던 기존의 세계로부터 철저하게 이탈하기 시작한다.

　영혜는 두 번째 꿈에서 도마에 칼질하는 것은, 그 사람이 언니나 엄마라고 해도 늘 못 견디게 무서웠다고 고백한다. 그 두려움 때문에 오히려 사람들에게 다정하게 굴 수밖에 없었다. 꿈은 현실의 합리적 언어와 전통적 질서를 정지시킨다. 꿈속에서 영혜는 여성 가족의 '도마질'에 담긴 근본적인 원리를 날 것으로 마주한다. 돌보는 행위는 물론 다정하고 따뜻한 행위지만, 돌보는 여성에게 다른 생명체의 육체와 에너지를 빼앗도록 하는 동시에 여성 자신의 에너지도 빼앗아간다. 그래서 꿈속의 영혜는 자신의 손으로 사람을 죽인 느낌과 누군가 자신을 살해한 느낌을 동시에 받는다고 고백한다.

그 이중적인 살해의 감각은 무섭도록 더럽고 잔인하다. 꿈속에서 영혜의 손과 입에 묻은 피는 그간 먹었던 고기의 피이자, 동시에 그 고기를 썰던 여성의 피이기도 한 것이다. 영혜가 채식을 시작하면서 돌봄의 의무, 책임에도 점차 무신경해지는 것도 이렇게 돌봄으로 연결된 고기-여성의 상호적 관련성에서 출발한다. 다른 무엇도 죽이지 않는 살림(삶)이 과연 가능할까. 영혜는 이 불가능한 삶의 방식을 찾기 위해 멈추지 않는다. 영혜는 아무것도 죽이지 않고 돌보는 젖가슴이 좋다고 말한다. 사회적 체면과 위신을 위해 여성 신체를 구속하는 브래지어를 거부하고 여성의 몸을 속박에서 풀어 가장 본연인 몸으로 되돌아가 처음부터 다시 시작하고 싶어 한다.

『채식주의자』의 마지막 장면에서 영혜는 가슴을 드러내고, 혈흔이 선명하게 있는 작은 동박새를 소중하게 꼭 쥐고 있다. 한국 텃새인 동박새의 이름은 '동백새'에서 유래했다. 겨우내 동백꽃이나 매화꽃의 꿀을 주로 먹으며 살아가기 때문이다. 꽃마저 먹지 않고 꽃가루를 옮겨

주고 공생하며 겨울을 버티어 내는 동박새를 닮고 싶은 영혜의 마음이 담긴 것이다. 영혜의 입에 묻은 피가 자신의 손목에서 흐른 피인지 혹은 동박새의 피인지, 영혜가 직접 새를 죽인 것인지 혹은 이미 죽은 새를 주워든 것인지 명확하게 서술되진 않는다. 그 불명확함은 고기의 피와 여성의 피가 모두 연결되어 있음을 다시 한번 강조한다. 또한, 무엇도 죽이지 않는 삶을 향한 열망이 끝끝내 좌절될 수밖에 없는 동물로서 인간의 슬픈 한계를 상기시켜 준다.

3

원초적 회귀를 위한 아름다운 여신 숭배
- 금기와 문명

「채식주의자」의 마지막에서 영혜는 남편에게, 마치 어른에게 제지를 당하는 아이처럼 '왜 그러면 안 돼?'냐고 되묻는다. 그 이후로도 자꾸만 채식, 식물 되기를 말리는 사람들에게 이 질문을 반복한다. 자신은 그저 아무것도 먹지 않고 싶을 뿐인데, 왜 금지하냐고 묻는 것이다. 「몽고반점」은 아이처럼 질문을 반복하는 영혜에게 집착하면서, 영혜를 미학적으로 신비화하는 예술가-형부 화자의 시점을 채택하고 있다. 이는 사회적 금기를 자연스럽게 내면화한 일상의 시선에서 보기에 최대한 불편한 질문을 유발하는 기획처럼 보이기도 한다. 특히 근친상간에 대한 금기는 대다수의 문화권에서 '야만'과 '문명'을 가르는 원초적인 기준이라는 점을 상기해본다면, 「몽고반점」은 문명 이전의 자연으로 되돌아감으로써, 지금의 언어/질서에서 가장 멀리 이탈하려는 (실패한) 시도를 담고 있는 셈이다.

「채식주의자」와「몽고반점」의 두 남성 화자는 여성 혐오의 양면, 즉 여성을 사랑하고 신비화하면서도, 그런 이상적 모델에서 벗어나면 타락한 여성으로 혐오하는 양 측면을 각각 보여주기 위한 설정처럼 보인다. 두 화자 모두 아내의 누이를 향한 성적 욕망을 숨기고 있었고, 상대보다 자신이 가진 남성적 우위를 은밀히 견주곤 한다는 점에서도 같다. 그런 점에서 두 남성 화자는 여성을 보는 동전의 양면 같은 시선, 돌보는 '성모'와 유혹하는 '창녀'라는 이미지를 각각 포착하는 기능을 한다. 남편이 가장 세속적인 가족 제도를 매개로 아내의 신체적, 정서적, 성적 돌봄을 요구했다면, 형부는 가장 탈속적인 예술을 매개로 하여 세속적 문명을 초월하는 여신이라는 미학적,

관념적, 성적 이미지를 추구한다.

여신의 원초적 관능성에 대한 이 열망은 육식-가부장제를 거부하는 영혜의 자해를 목격하면서 시작된다. 고깃덩어리를 뱉고 짐승처럼 비명을 지르며 눈을 번뜩이는 영혜의 괴물 같은 모습이 그에게 섬뜩하게 각인되었다. 그런 영혜를 보며 그는 '탁'하고 무엇인가 몸에서 빠져나가는 소리를 듣는다. 절대 고집을 꺾지 않고, 타협하지도 않고, 가장 중요한 자기 보호의 욕구마저도 내팽개치는 궁극적인 항의에서 현실을 근본적으로 거부하는 초월적 순간을 본 것이다.

원래 "그전까지 그가 해왔던 작업은 다분히 현실적인 언어로 현실에 대응하는 방식이었다. 후기 자본주의 사회에서 마모되고 찢긴 인간의 일상을 3D 그래픽과 사실적 다큐 화면으로 구성했던 그에게, 관능적인, 다만 관능적일 뿐인 이 이미지는 흡사 괴물과도 같은 것이었다." 하지만 영혜의 저항을 목격한 후에는, 현실적인 이미지를 다루었던 자기 작업이 현실을 충분히 미워하지 않았기 때문에 가능했던 허위라고 생각한다. 그래서 그에게

는 기존의 자기 작업이 고통스러운 폭력으로 느껴질 정
도다. 이제 그는 기존의 사회 비판적 언어/예술마저도
뛰어넘어, 더 본질적으로 현실을 뛰어넘는, 그래서 더 괴
물 같은 방법을 추구한다.

소설 초반의 그는 무용이나 비디오 작품을 통해 원시
적 성애와 신체에서 식물적 결합의 이미지를 찾고자 하
지만 계속해서 환멸만 느낀다. 그러다가 어린 아들처럼
영혜에게 몽고반점이 있다고 말하는 아내의 말에 기묘
한 충동과 매혹을 느낀다. 자라면서 사라지기 마련인 유
년기의 흔적을 여전히 간직하고 있다는 말은, 피투성이
가 된 영혜를 업고 병원으로 가던 기억과 겹쳐진다.

오로지 어린아이들의 엉덩이와 등만을 덮고 있는 반점.
오래전 갓난 아들의 엉덩이를 처음 만지며 느꼈던 말랑말
랑한 감촉의 희열과 겹쳐져, 그녀의 한 번도 보지 못한 엉
덩이는 그의 내면에서 투명한 빛을 발했다.

이제는, 그녀가 고기를 먹지 않는다는 것—곡식과 날야
채만 먹는다는 것마저 그 푸른 꽃잎 같은 반점의 이미지와

떼어놓을 수 없을 만큼 어울리게 느껴졌으며, 그녀의 동맥에서 넘쳐나온 피가 그의 흰 셔츠를 흠뻑 적시고 꾸덕꾸덕 짙은 팥죽색으로 굳게 했다는 것은 그의 운명에 대한 해독할 수 없는, 충격적인 암시처럼 느껴지기도 했다.

현실 원칙을 부정하는 고집과 세속적 관계에 대한 무관심은, 몽고반점과 겹쳐지면서 마치 어린아이처럼 가장 순수하고 원시적인 상태로 회귀하려는 태도로 비친다. 그는 파국을 예언하는 신탁을 받은 것처럼, 세속을 뛰어넘는 예술이 가능하다는 희열과 충격을 느끼며 영혜를 욕망한다. 영혜의 몸에 있는 몽고반점은 진화 이전의 태곳적인 것, 광합성의 흔적, 식물과 동물의 중간적인 존재의 성흔으로 해석된다. 그래서 인간의 도덕으로는 판단할 수 없는 존재로 신비화된다. 영혜는 형부 앞에서 맨몸이 드러나도 수치심을 느끼지 않고, 현실의 도덕률을 넘어서는 일을 부탁받으면서도 장난감을 욕심내는 아이처럼 꽃 그림에만 집중한다. 아이-식물 같은 영혜는 화자에게 "단순한 성욕이 아니라, 무언가 근원을 건드리는, 계속해서 수십만 볼트의 전류에 감전되는 듯한 감동"을 준다. 이 근원적인 감동은 종교적인 깨달음을 얻었을 때 느끼는 기쁨인 법열法悅에 가까워 보일 정도다.

그런데 이러한 감동을 묘사하며 그는 성욕을 불러일으키지 않고 그와 무관하게 아름답다고 매우 자주 반복해서 말한다. 하지만 집요한 반복이야말로 사실은 성욕과 무관하지 않다는 증거처럼 보인다. 자신의 추레한 신체와 노화를 자조하는 대목도 자주 등장하지만, 형식적인 한탄에 그치고 만다. 끝내 후반부에서 자신의 성욕을 감추지 못한다. 그는 꽃 그림을 그린 영혜를 보며 욕망이 모두 배제된 육체이면서도 아름다운 젊은 여자의 육체가 서로 모순이라고 말하며, 그 모순이야말로 예술적이고 종교적인 감동의 근원이라고 한다.

이처럼 현실을 초월하는 정신을 표현한다면서 하필이면 젊은 여성의 아름다운 나체를 주로 재현하는 사례는 예술사에 무수히 많아서 새삼스러운 일도 아니다. 여성의 재현을 여신의 상징으로 미학적으로 합리화하는 시선에는, 분명 문명적 금기 이전(이라고 상상되는) 원시성, 초월성을 지향하는 면도 있다. 그러나 동시에 여성의 신체를 붙잡아 영원히 저장하고 그런 여성과 합일됨으로써 쾌락을 얻고 싶다는 남성적 소유욕과 떨어져 있지 않은 것도 분명하다. 그 두 측면이 뒤섞인 남성 예술가인 그의 예술적-성적 욕망은, 재현 대상인 영혜가 어떤 생각으로 응하고 있는지는 크게 궁금해하지 않는다. 무저항을 동의로 해석할 뿐이다. 그런 점에서 「몽고반점」의 마지막에서 영혜의 언니가 현실의 언어로 정확하게 지칭하듯, 그는 정신적, 정서적으로 취약해진 상태의 영혜를 가스라이팅한 범죄자이기도 하다.

하지만 남성 화자인 그의 서술이 바로 영혜에게 매혹되면서도 끝내 괴물 같은 식물 주체를 제대로 설명하지 못하는 기존 언어의 한계에서 비롯된 것일 수도 있으므로, 영혜를 그에게 이용당한 수동적인 존재로 한정해서는 안 된다. 「몽고반점」도 영혜가 어떤 생각으로 이 작업에 응했는지 명확한 답을 주진 않는다. 다만 몸에 식물을 그리고 있으니까 꿈을 꾸지 않아서 좋다고 말한다. 영혜의 꿈은 자신이 먹은 고기가 배 속에서 얼굴이 되는 꿈,

혹은 자신이 재생산할지도 모르는 배 속의 얼굴 또한 고기를 먹을 거라는 예감이다. 이는 현재의 육식-인간이 태생적으로 대물림하는 폭력성에서 벗어나고자 하는 절실한 기대다. 아예 인간을 재생산할 수도 있는 제 몸의 동물적 인간성을 최대한 없애고자 영혜는 꽃으로서 꽃이 하는 식물의 생식 활동을 벌인 셈이다.

이 식물적 생식은 그의 예술가적 삶과 미학적 응시도 철저하게 망가트려 버린다. "잔인하면서도 예민한 식충식물"처럼 "꿈틀거리는 성욕과 육식성을" 지닌 여성-식물은 "본래의 수동적인 속성을 벗어나, 동물성이 결합되어 있는 기이한 모습으로 재탄생"했다.[1] 마냥 수동적으로 남편, 형부에게 휩쓸린 것이 아니라 식물적 생식을 하기 위해서 가용 가능한 자원을 모두 사용하며, 그 결과 그로테스크하고 기괴하게 (특히 남성적 규범을) 잡아먹는 공포스러운 존재가 된 것이다.

물론 비현실적이고 비과학적이고 비약적인 욕망이긴 하다. 하지만 애초에 현실적이고 논리적인 기성 세계에서는, 영혜의 몸은 계속해서 돌봄과 숭배 사이를 오갈 뿐이었다. 그래서 영혜의 말은 점차 줄어든다. 꿈에 대한 환상적 독백에서 침묵으로, 아예 비언어적 행동으로 변해간다. 기존의 언어 질서에 내재한 폭력을 거부하면서부터, 영혜는 점차 말하지 않는 자, 말이 아닌 말로서 말하는 자, 몸으로 말하는 자, 급기야 말없이 그저 다른 존재가 되는 자가 된다. "삶의 처음이자 마지막 순간인 듯, 활활 타오르는 꽃 같은 그녀의 육체"는, 언어 문자가 가진 형식과 틀에 집착하지 않고 개념에 속박되지 않는 불립문자不立文字에 다가간다. 이로써 남편과 형부의 응시에서, 예술적 재현의 속박까지도 빠져나간다. 그것은 기성의 인간에게는 죽음에 육박하는 일이지만, 한편으로는 진리를 위해 자신의 존재까지 바치는 궁극의 '소신공양'이기도 하다.

4

물구나무서서 나무들의 형제자매 되기
– 지구와 멸종

스스로 나무 한 그루가 되어 타오르려고 하는 영혜의 불꽃은 의학적으로는 격리, 치료받아야만 하는 위험한 중증 정신분열증으로 진단된다. 「나무 불꽃」은 이런 상황에 처한 영혜를 갑자기 돌보게 된 언니의 시선을 택하고 있다. 언니(인혜)는 영혜를 돌봐야 한다는 책임감과 부담감, 시설에 맡긴다는 죄책감과 제 고생을 알아주지 않는 동생에 대한 분노 등으로 심경이 복잡하다. 하지만 병간호의 고충보다는 영혜를 통해 자신의 삶을 되돌아보는 분노가 소설의 핵심이다.

인혜는 성실하고 끈기 있는 성격을 바탕으로 자수성가한 화장품 가게 사장님이다. 어린 시절부터 모든 일을 스스로 감당하는 책임감 있는 사람이었다. 이를 '성실의 관성'이라 부르며 딸, 언니, 누나, 아내, 엄마, 사장으로서 언제나 최선을 다하는 자신에게 뿌듯함을 느껴왔다. 그런데 갑자기 동생 영혜가 광합성을 한다며 육식은 물론 채식까지 모두 거부하기 시작한다. 병원에서는 강제 유동식 급식, 수액 주사 등으로 영양소를 공급하려 하지만 영혜는 고집을 부린다. 아이처럼 천진난만하게 나무가 되었다고 믿는 영혜의 말은, 지극히 현실적인 인혜가 알아들을 수 없는 짐승 소리처럼 들릴 뿐이다. 그래서 처음엔 삶에 책임감이 전혀 없는 동생에게 강렬한 혐오감마저 느낀다.

　그런데 성실한 삶을 모두 벗어 던진 영혜를 보다 보니, 책임을 둘러싼 불쾌감과 혐오감이 자신의 삶 곳곳에 배어 있었음을 점차 기억하게 된다. 아버지에게 폭행을 당하던 어린 시절부터 영혜는 모성애 같은 책임감을 유발하는 존재였다. 인혜에게 영혜는 성숙한 언니라는 어른들의 인정과 칭찬을 받게 만들어 주는 매개였다. 하지만 이 성숙한 돌봄은 아버지에게 지쳐버린 어머니 대신 술국을 끓여주며 돌봐주는 장녀를 자처함으로써, 어머니의 자리를 서둘러 대체함으로써, 아버지의 폭력에서 벗어나려는 노력이기도 했다. 인혜는 당시 성실한 맏딸 역할을 자처한 것이 조숙함이 아니라 비겁한 생존 방식이었다고 뒤늦게 회상한다. 그들이 원하는 돌봄에 더 성실해지면 폭력에서 더 멀어질 수 있다는 손익계산이라고 할 수 있다. 다 자라서도 남편을 돌보는 데 미숙한 동생을 걱정하고 탓하면서 기성의 가족 질서에 더 안온하게 진입하고 칭찬받고 싶었던 내밀한 욕망. 인혜는 성실하게 그 돌봄의 원리를 계승하면서 자라 왔다.

그렇게 하면 자신이 선망한 상층 계급으로 올라갈 수 있다는 믿음으로, 교육자와 의사가 많은 집안의 남편을 택했음을 기억해낸다. 똑똑하고 섬세한 예술가인 남편의 미감과 취향에 자신을 맞추기 위해 노력한 덕분에, 예술에 빠진 남편과 달리 현실을 자연스럽게 살아가는 자신이 과분하다는 인정도 받았다. 하지만 이제는 그 칭찬이 자신과 사랑에 빠진 것은 아니지만 자신의 돌봄이 유용하다는 고백일 수도 있다고 생각한다. 아이의 젖내와 배냇냄새, 모성적 보람으로도 잠재워지지 않는 흉통과 압박감 속에서, 자연스레 그간의 삶이 자신을 위한 기쁨이 아니라 타인을 위한 인내와 배려로만 가득 찼던 시간임을 깨닫는다. 마치 남편의 일방적 성욕을 억지로 참는 잠자리처럼, 이 순간만 넘기면 괜찮아질 것이라는 생각으로 견뎌왔다. 피로에 지쳐 치욕스러운 잠자리에 대한 기억은 이내 지우곤 했지만, 아침이 되면 젓가락으로 눈을 찌르거나 끓는 물을 머리에 붓고 싶었던 충동이 없지 않았다.

'성실'이라는 관성에 따라 인혜는 자해의 충동을 억누르는 것이 정상적인 어른으로 살아가는 방법이라고 생각하며 이를 견뎌왔다. 하지만 포식자에게 뜯겨 피를 흘리던 작은 동박새-영혜처럼, 아이의 꿈에 나타났던 엄마 새-인혜 역시 재생산과 돌봄의 의무 때문에 하혈하며 내적으로 죽어가고 있었다. 어린아이처럼 고집을 부리는 영혜가 아니라 자신이야말로 한 번도 제대로 살아본

적 없는 어린아이에 불과하다고 생각한다. 영혜처럼 온전히 자신을 위한 선택과 싫다는 거절을 해본 적이 없으니 자신의 몫을 온전하게 살아본 적 없는 것이다. 그렇게 견디기만 해온 자신의 삶은 연극이나 유령 같은 것이었다고 자조하면서, 이제야 인혜는 동생의 고집스러운 태도가 그저 광기의 증상이 아니라 세상을 제대로, 다시 사는 방법에 대한 것임을 알게 된다. "그녀가 남모르게 겪고 있는 고통과 불면을 영혜는 오래전에, 보통의 사람들보다 빠른 속력으로 통과해, 거기서 더 앞으로 나아간 걸까." 영혜는 고기-여성의 에너지를 제도적·조직적으로 흡수하는 일상의 규칙에서, 이를 스스로 내면화하고 기꺼이 종사하게 만드는 가족 재생산의 쾌락과 보람에서, 전면적이고 완전하게 이탈한 것이다.

군이 건강하고 정상적인 기존의 삶으로 되돌아갈 필요나 의지가 없기에 영혜는 나무가 되려고 한다. 먹지 않아서 내장이 다 퇴화한 자신은 이제 동물이 아니라고 믿으면서. 그런데 이 내장의 퇴화, 동물에서 식물로의 이동은 퇴행이 아니라 오히려 존재론적 진화로 비친다. 각자

개별적인 존재로 살아가는 동물적 존재 방식을 넘어서기 때문이다. 이때부터 영혜는 나무를 꼭 복수형으로 언급한다. 세상의 나무'들'은 모두 형제들이라고. 나무들은 서로 연결된 네트워크를 구성하고 거기에 영혜를 초대하고 있다. 이는 종種을 초월한 지구 단위의 네트워크다. "나무들이 똑바로 서 있다고만 생각했는데…… 이제야 알게 됐어. 모두 두 팔로 땅을 받치고 있는 거더라구. 봐, 저거 봐. 놀랍지 않아?" 나무들은 각자 세 영역을 넓히기 위해 서 있는 것이 아니라, 나무 종족만을 재생산하기 위함이 아니라, 도리어 지구 전체를 지탱하고 있었다.

영혜의 나무 되기는 물론 현실 차원에서는 죽음으로 이어질 뿐이다. 하지만 영혜의 죽음 충동은 모든 것을 포기한 절망이나 이 세상에서 혼자 탈출하려는 도피로 한정할 순 없다. 오히려 그간의 동물적 면모를 모두 녹여 땅속으로 들어가서 온전한 존재로 다시 거꾸로 돌아나고 싶다는 근본적 재탄생에 대한 열망에 가깝다. 영혜를 부르는 나무들의 소리는 기실 인류 전체를 향해, 새로운 삶의 방식을 알려주려는 지구의 부름인 것이다. 나무처럼 물구나무를 서자, 비로소 현실을 뒤집어 볼 수 있다. 이처럼 『채식주의자』는 남성-인간 중심적 가부장제와 산업 문명의 결합으로 인해 여성과 자연이 모두 착취당하고 있다는 비판적 사유, 에코 페미니즘과 공명한다. 그러면서도 모성을 찬미하거나나 돌봄을 재생산하는 기존의 방식에는 단호히 거리를 두고 (상징적) 죽음 충동으로 나아간다.

무조건 자신을 치료해서 여기에 붙잡아두려는 언니에게 영혜는 왜 죽으면 안 되냐고 묻는다. 너무 당연시되는 생명 보존 본능에 반하는 천연덕스러운 이 질문을 삶의 방식 자체에 대한 반문으로 확장해볼 수 있다. 영혜의 죽음 충동은 현생 인류(가 존재하는 방식)의 멸종이 지구에는 이로운 일이라는 것을 먼저 깨달았기 때문일지도 모른다. 화자가 숲속-환상에서 느끼듯 나무들의 부름은 결코 상처받은 화자를 재생시키고 일으켜 세우는 따뜻한 위로가 아니다. 오히려 무자비하도록 서늘한 생명의 명령이었다. 현생 인류에게 이 말은 지금까지의 삶의 방식을 멈추라는, 그래서 곧 죽으라는 말이기에 당연히 삼

엄하고 두려운 명령일 수밖에 없다.

하지만 지구온난화 단계를 이미 지나 지구열탕화의 시대를 사는 우리는, 코로나19로 인류의 성장이 멈춘 시기에 자연이 회복되는 것을 지켜봤다. 그러고 나서 비로소 인류야말로 지구의 바이러스이며, 인류의 번성이 지구 전체에는 해가 될지도 모른다고 생각하기 시작했다. 현생 인류의 보존이 과연 지구 전체보다 가치 있다고 말할 수 있을까? 그렇지 않다면 인류는 영혜처럼 자신을 축소하고 녹여서 땅속으로 돌아가는 선택을 할 수 있을 만큼 용기를 낼 수 있을까? 아니, 최소한 돌봄과 재생산에 기반한 성실한 성장의 관성, 제도적 육식과 젠더적 착취에 기반한 폭력적 일상을 멈출 수 있는 용기가 과연 있을까?

인간이 존재하는 방식 자체를 지금과 완전히 다르게 바꾸자는 이야기는 늘 의심과 조롱을 받아왔다. 여성 평등이나 주권재민을 역사보다 먼저 말한 사람은 광인으로 취급받았듯, 다른 인류의 존재론을 상상하는 영혜도 같은 처지에 놓인 것이다. 돌봄의 역설과 강제적, 조직적 육식의 폭력을 한 개인이 돌파하려는 시도는 이내 예술적 광기 혹은 의료적 질환으로 규정되어 버렸다. 의사도 간호사도 가족들도 영혜의 근본적인 열망을 이해하려 하지 않고 약물과 구속복으로 멈춰 세우는 데 급급했다. 제도적·집단적 폭력에 맞서는 한 개인은 그저 트러블 메이커나 환자에 불과하다.

하지만 그 질문을 좀 더 여러 명이 함께한다면 어떨까. 영혜가 온몸으로 던지는 질문을 받은 인혜가 대답한다. "꿈속에선 꿈이 전부인 것 같"아도 "깨고 나면 그게 전부가 아니란 걸" 알게 되듯, "언젠가 우리가 깨어나면, 그때는 다르게 살게 될지도 모른다고". 본디 소설은 문제 인물의 개별 사건을 통해 현재의 세계를 초과하는 질문을 던지는 작업이다. 소설 바깥의 독자는 그 질문을 초과한 질문을 이어갈 수 있다. 옆의 다른 존재에게 건네주면서.

희랍어 시간

침묵의 숲

·

최다영

『희랍어 시간』(『디 에센셜 한강』 2판, 2023, 문학동네)

'죽은 자가 산 자를 구할 수 있는가'를 묻는 한강 작가의 오랜 고민은 『희랍어 시간』을 관통하는 중요한 주제이기도 하다. 그간 이 소설은 두 인물이 '고난'을 '극복'하는 서사나 로맨스 서사로 읽히곤 했지만, 나는 다르게 읽어볼 것을 권하고 싶다.

이 소설은 침묵, 즉 죽음이 생의 조건이자 산 자들을 연결하는 매개이며, 우리가 숨을 내쉬며 살아가는 이 세계가 죽음으로 충만해 있음을 깨달아가는 여정을 그린다. 그리고 침묵의 공간을 존중하고 죽은 자들과 함께 살아가는 삶에 대한 지향은 한강의 여타 소설들을 비롯해 그의 시를 읽는 데도 중요한 길잡이가 되어주리라 믿는다.

나아가 『희랍어 시간』은 한강의 소설 중 가장 은유적이고 시적인 작품으로 여겨지기도 하는 만큼, 거듭 읽을수록 구조와 수사 등이 얼마나 정교하고 치밀하게 직조되어 있는지 알아가는 기쁨을 느낄 수 있을 것이다.

0

'우리 사이에 칼이 있었네.' 소설은 이렇게 보르헤스 (1899~1986년, 부계 유전으로 실명한 아르헨티나 출생 의 작가)의 묘비명으로 시작한다. 어떠한 비유도 가능할 것처럼 보이는 문장이지만, 부계 유전으로 실명이 예정 된 남자에게는 망자의 지극히 사적인 고백으로 받아들 여질 뿐이다. 그는 빛을 단단히 응고시킨 것만 같은 칼의 형상을 보르헤스와 세계 사이에 길게 가로놓였던 실명 으로 이해한다.

보르헤스의 내력을 나눠 가진 건 남자만이 아니다. 어

자가 첫 번째 실어증에서 벗어나게 되는 계기는 보르헤스의 삶을 관통하는 도서관이라는 단어 '*비블리오떼끄*'다. 그리고 두 번째 실어증이 찾아왔을 때, 말을 내뱉지 못하고 몸을 뒤척거리거나 가쁘게 숨을 멈췄다 들이쉬는 여자의 몸짓은 "반쯤 눈을 감은, 무언가를 기도하거나 후회하는 듯 두 손을 가슴 앞에 모은" 보르헤스의 사진과 닮아 있다. 도입부와 결말부에서 여자의 외양 묘사를 통해 실명자 보르헤스의 이 자세는 반복된다.

  그렇기에 남자에게는 실명이었던 '칼'이 여자에게는 실어로, 아니 정확하게는 자신에게서 뽑혀 나간 언어의 결정체로 읽히기도 한다. 여자는 언젠가 꿈에서 "인간의 모든 언어가 압축된 하나의 단어 (…) 어마어마한 밀도와 중력으로 단단히 뭉쳐진 단 한 단어"를 본 적이 있다. 그것은 그 어떤 이에 대한 귀속도, 다른 단어와의 결합도 강고히 거부하는 완전히 자족적이고 압축적인 언어이자, "누군가 입을 열어 그것을 발음하는 순간, 태초의 물질처럼 폭발하며 팽창할 언어", 즉 알레프와 같은 차갑고 단단한 언어의 이데아다. 여자가 서늘한 날붙이로 제 손목을 찔렀을 때, 이는 분명 살아 생동하는 언어의 공격을 틀어막기 위한 절박함에서 비롯된 것이었다. 나아가 보르헤스적 장검의 완고한 형상은 여자와 세계의 소통을 가로막는 절대적인 언어의 물질적 형상화에 빗대어진다.

말을 잃은 여자와 빛을 잃어가는 남자. 어쩌면 소설의 첫 문장은 실명과 실어를 사이에 두고 남자와 여자가 어긋난 채 비스듬히 누워 있는 것이라 볼 수도 있을 것이다. 각각 기도와 후회를 대표하는 것처럼 보이는 두 사람의 삶의 궤적은 어긋나듯 맞물리며 공동의 환幻을 형성한다.

1

침묵의 침범과 정지된 시간

이 소설은 목요일 일곱 시 초급 희랍어 강의가 이루어지는 사설 아카데미를 주 배경으로, 희랍어 강사인 남자와 그의 수강생인 여자의 삶을 교차로 조명한다. 흉터가 남아 있는 왼쪽 손목에 흑 자줏빛 벨벳 밴드를 멘 여자는 상복처럼 온통 검은 옷차림을 하고 있다. 마흔에 가까운 남자는 실명을 선고받고 언제나 알이 두꺼운 엷은 색안경을 끼고 있다. 뭉개진 형태로만 사물의 형상과 동작을 파악할 수 있는 남자는 항상 판서 내용을 외우다시피 하여 수업을 진행한다.

어느 날 남자는 흑판에 쓰인 글자를 읽도록 여자를 지명하지만, 그녀는 읽지 못한다. 두 손을 가슴 앞에 모으고 이마를 찡그린 채 눈꺼풀을 가파르게 떨며 마른 입술을 달싹여봐도 끝내 말은 흘러나오지 않는다. 생애 두 번째 침묵을 앓고 있는 여자에게는 "단어들이 잡히지 않"으며, "형체가 만져지지 않는다." 그런데 형체가 손에 잡히지 않는다니, 본디 언어는 이러한 성질의 것이 아니었던가? 하지만 여자에게 말을 잃는다는 건 그렇게 간단한 문제가 아니다.

언어에 대한 감각이 유달리 탁월했던 그녀는 자모음에 대한 인식이 없을 때부터 글자를 통으로 외우며 스스로 한글을 깨친다. 훗날 떠올리는 언어의 사물적 현현에 대한 강렬한 기억은 그녀가 어디에서 아름다움을 느끼는지를 알게 한다. 초등학생이 된 후에는 맥락도 없이 무작위로 인상적인 단어들을 기록하곤 했다. 그러다가 형상도 발음도 정적에 둘러싸인 것처럼 보이는, "침묵으로 완성되는 말"인 '숲'이라는 단어에 특별히 강한 이끌림을 느낀다. 이러한 그녀의 유년기는 언뜻 무던하고 평범해 보이지만, 일상 세계와 언어적 민감성의 세계로 격렬히 양분되어 있다. 일기장에 마구잡이로 적어 내려갔던 단어들은 어느 순간부터 육신을 입기라도 하듯 스스로 살아 움직이며 그녀의 예민한 감수성을 공격하기 시작한다. 쇠붙이나 날카로운 바늘 같은 언어들이 시시각각 잠을 뚫고 들어와 몸을 가두어 누르고 찔러댈 때마다 여자는 극심한 고통을 겪는다. 그러나 진정 견디기 어려운 문제는 따로 있다.

가장 고통스러운 것은, 자신이 입을 열어 내뱉는 한마디 한마디의 말이 소름 끼칠 만큼 분명하게 들린다는 것이었다. 아무리 하찮은 하나의 문장도 완전함과 불완전함, 진실과 거짓, 아름다움과 추함을 얼음처럼 선명하게 드러내고 있었다. 그녀는 자신의 혀와 손에서 하얗게 뽑혀 나오는 거미줄 같은 문장들이 수치스러웠다. 토하고 싶었다. 비명을 지르고 싶었다.

여자에게 언어의 공격보다 감당하기 어려운 건 그녀

자신에게서 흘러나오는 말들이 너무도 생동감 있게 다가온다는 점이었다. 점차 그녀는 단어 하나하나를 그 자체로 독자적인 속성과 성질, 완결성을 가진 자립하는 사물처럼 인식하기 시작하면서, 그처럼 선명하게 살아 움직이며 자신을 옥죄는 언어의 다발을 견딜 수 없어 괴로워한다. 그러다가 열일곱 살에 첫 실어증이 찾아오며 극심한 고통은 일순간에 사라진다. "두텁고 빽빽한 공기층 같은 침묵"이 몸 안의 어느 기관을 틀어막기라도 한 것처럼, 더는 언어의 공격을 경험하지 않게 된 것이다.

그런데 완충재와도 같은 이러한 침묵은 여자에게서 언어의 기억이 아로새겨진 시간마저 빨아들인다. 어쩌면 침묵이 언어적 삶과 관련된 기억을 모두 삼켜버렸기 때문에 그녀가 말을 할 수 없게 되었다고 보는 게 옳을지도 모른다. 이렇듯 발화의 기억이 사라지면서, 그녀는 태어나기 전에 그랬던 것처럼 언어로 생각하는 방법을 잃어버린다. 이는 첫 번째 실어증이 마치 물속에서 물 밖의 세상을 내다보는 것 같은, 출생 전 태아의 상태로 비유되는 이유이기도 하다.

발음을 위해 쓰였던 혀와 입술, 단단히 연필을 쥔 손의 기억 역시 그 먹먹한 침묵에 싸여 더는 만져지지 않았다. 더는 그녀는 언어로 생각하지 않았다. 언어 없이 움직였고 언어 없이 이해했다. 말을 배우기 전, 아니, 생명을 얻기 전 같은, 뭉클뭉클한 솜처럼 시간의 흐름을 빨아들이는 침묵이 안팎으로 그녀의 몸을 에워쌌다.

그러다 고등학교 1학년 겨울 방학을 앞둔 어느 날, 여자는 하나의 낯선 외국어 단어를 접하며 "퇴화된 기관을 기억하듯" 무심코 언어를 되찾게 된다. 그런데 언어의 삶으로 다시 진입하기에 앞서 익숙한 공포와 두려움이 엄습한다. 언어를 회복한다는 것은 언어의 생동감이 가하는 고통을 다시 맞닥뜨리는 것이기도 하기 때문이다.

이 소설에서 번번이 묘사되듯이, 여자는 언어의 물성에 대해서도, 오감으로 와닿는 육체의 감각에 대해서도 유독 예민한 사람이다. 찰나의 순간에 그녀는 언어라는 고통을 택할 것인지 고통 없는 침묵의 삶을 지속할 것인지 망설이다, 결국 언어로 대표되는 삶의 고통이 다시 그녀 안에 폭약의 심지를 점화하는 것을 받아들인다. 그녀의 손목에 자리한 흑 자주색 벨벳은 이렇게 다시 시작한 언어적 삶의 과정에서 언어의 무자비한 공격과 유동적 실체성, 그로 인한 염오가 급기야 가장 극단적인 형태로 표출되기도 했다는 사실을 보여주는 증거다. 중간태로 표현되어 주어를 쓸 필요도 없이 그 자체로 완료된 희랍어 표현 "그는 언젠가 자신을 죽이려 한 적이 있다"는 문장은 여자의 과거 한 시점을 짐작하게 하는 문장인 셈이다.

여자는 그동안 시와 칼럼을 쓰며 대학교와 고등학교에서 문학을 강의하고 있었다. 그러다 처음 실어증을 겪고 나서 이십 년이 흐른 지난해 늦봄, 두 번째 실어증이 찾아오면서 이 모든 일을 곧바로 중단한다. 이전과 달리 죽어서 그림자가 된 상태에 비유되는 이번 실어증은 언어를 듣고 읽는 데는 문제가 없다. 그러나 직접 입술을 열어 목소리를 내는 일만은 하지 못한다. 그렇다면 여자는 왜 다시 실어증을 겪게 됐을까?

그녀는 반년 전 어머니를 여의었고, 세 차례의 소송 끝에 아홉 살 아들의 양육권을 잃었으며 아들이 전남편의 집에 들어간 지 오 개월째에 이르고 있다. 심리치료사는 이러한 일련의 사건에서 실어증의 자명한 원인을 찾고자 한다. 출생에 얽힌 일화와 유년의 중요한 기억들, 여러 외부 상황을 계기적 사건으로 진단한 뒤, 그녀의 여러 증상을 삶의 '투쟁'으로 '결론' 지어 '처방'을 내리려고 한 것이다. 그러나 스스로 생각하기에 그녀는 본성의 자연스러움을 억누르지도 않았고 두려움에 사로잡혀 살아오지도 않았다. 섣불리 '이해'한다고 말하는 심리치료사의 과장된 거짓에 대해 그녀는 그렇게 간단하지 않다고 힘주어 말한다. 따라서 이는 그녀가 실어증을 겪고 있는 이유가 되지 못한다.

한편 그녀에게 언어는 시선보다 "수십 배 육체적인 접촉"이었다. 이로 인해 그녀는 언어로 소통하는 '육체적 과정'을 견디기 어려울 때마다 "유동하는 구어의 생명을 없"애기 위해 오히려 말이 많아지고 목소리가 커지곤 했다. 이는 언어를 너덜너덜하고 헤지게 만들어 언어의 실재성을 최대한 옅게 만드는 일이었다. 그러나 "끈덕지게 마모된 한 자리가 살점처럼, 숟가락으로 떠낸 두부처럼 움푹 떨어져나"간 순간, 언어가 제 실체를 드러냄과 함께 그녀는 도리 없이 말을 잃었다. 따라서 그녀가 무참히 살해했던 언어들에 반격당할 것에 대한 두려움으로 오래 전과 같이 침묵이라는 방어를 두르기로, 자신과 세계 사이에 침묵의 장검을 길게 놓기로 한 것이라고, 즉 침묵의 보호가 필요해서 실어증을 겪게 되었다고 유추해 볼 수도 있다. 하지만 이 또한 실어증의 근본 원인으로 귀결되지는 않는다. 도대체 그녀는 왜 말을 잃었을까?

어쩌면 처음부터 전제가 잘못된 것인지도 모른다. 침묵은 '있음'의 부재, '없음'이나 '잃음'으로 설명될 수 없다. 무엇보다도 "자신이 말을 잃은 것이 어떤 특정한 것에서 비롯된 것이 아니라는 것을 그녀는 알고 있다." 침묵은 어느 날 돌연 발생하지 않았다. 그보다는 이 소설에서 침묵이―남자에게는 시간이 그러하듯이[2]―그 자체로 살아 움직이는 생물에 가깝게 그려지는 점에 주목할 필요가 있다.

말을 잃은 뒤, 때로 그녀는 자신이 들이쉬고 내쉬는 숨이 말과 닮았다고 느낀다. 마치 목소리처럼 대담하게 침묵을 건드린다.

　어머니의 마지막 순간에도 그녀는 비슷한 것을 느꼈다. 의식불명인 어머니가 한차례 더운 숨을 내쉴 때마다 침묵이 한 걸음 물러섰다. 어머니가 숨을 들이마시면, 몸서리쳐지게 차가운 침묵이 소리치며 어머니의 몸속으로 빨려들어갔다.

　숨을 뱉어낸 자리만큼 침묵이 밀려나거나 숨을 들이쉬는 것이 침묵을 빨아들이는 일에 비유되듯, 이 소설의 기저에는 모든 공간이 본래 침묵으로 가득 차 있다는 인식이 자리하고 있다. 그렇다면 이처럼 늘 공간의 공백 속에 존재하던 침묵이 언어의 공격에 지쳐 여자를 집어삼킨 것이라 볼 수 있지 않을까? 유난히 민감한 언어 감각을 지닌 그녀는 자신을 둘러싼 공간이 침묵의 자리임을, 자신의 말이 그 무엇보다도 침묵을 공격하고 있음을 누구보다 잘 알고 있었을 것이다. 언어를 잃기 전에도 그녀가 활발히 말하거나 크게 목소리를 내는 편이 아니었던 이유는, 그녀가 자신의 존재를 넓게 퍼뜨리는 일에, 달리 말하자면 침묵의 공간을 침범하는 데 거부감을 느끼기 때문이었다. 공백의 점유를 존중하는 그녀는 누구보다 낮게 말하고 낮게 웃었으며, 몸의 부피를 더욱 작게 만들고자 어깨와 등을 웅크리고 다녔다. 그리고 침묵에 삼켜진 후 그녀는 침묵과 다르지 않은 존재가 된다. "어떤 것도 외부로 새어 나가지 않고, 어떤 것도 내부로 스며들어 오지 않는" 그녀의 몸은 단단하고 완고한 경계선이 되어 그 자체로 자족적이며 물성을 갖춘 침묵처럼 보인다. 이것이 바로 남자의 언급대로 여자의 침묵이 마치 죽음처럼 어딘가 두렵고 지독한 침묵일 수밖에 없는 이유다.

고통을 일으키며 심장 안쪽에서 타들어 가던 불꽃은 두 번째 침묵으로 인해 다시금 멈추었다. "더는 피가 흐르지 않는 혈관의 내부처럼, 작동을 멈춘 승강기의 통로처럼 그녀의 입술 안쪽은 텅 비어 있"으며, 단단한 침묵이 그 자리를 차지하고 있을 뿐이다. 그리하여 언젠가 생경한 외국어가 실어증의 장막을 불쑥 찢었던 것처럼, 이번에도 낯선 언어가 제 언어를 되찾아주기를 기대하면서 여자는 자신의 의지로 희랍어를 배우기 시작한 것이다. 그러나 앞서 살펴봤듯 언어적 삶은 언제고 언어의 공격이 다시 시작될 수 있음을 의미한다. 실어증에서 벗어난 후에는 이전과 같은 고통 또한 예정된 것이다.[3] 그런데 여자는 왜 예정된 고통을 감수하면서까지 간절히 언어를 되찾으려고 한 걸까? 우리는 그 대답에 가닿기 위해 잠시 남자의 삶을 경유할 필요가 있다.

2

피 흘리는 남자와 피 흘리지 못하는 여자

열다섯 살에 온 가족과 함께 독일로 이민을 떠났던 남자는 실명이 된 이후의 삶을 모국어 속에서 보내기 위해 한국으로 돌아온다. 남자는 이십여 년 전의 첫사랑, R로 추정되는 '당신'을 여전히 사랑하며 그리워하고 있다. 갓난아이 시절 열병으로 청력을 잃은 '당신'은 뱅골인 어머니와 독일인 아버지 사이에서 태어났으며, 그녀의 아버지는 바로 남자에게 마흔 무렵의 실명을 선고한 안과의사이기도 하다. '당신'과 남자는 가까운 연인 사이가 되지만, 머지않아 남자가 치명적인 잘못을 저지른다. 향후 눈이 멀 때, 그녀를 볼 수 없을 뿐만 아니라 필담이나 수화로 서로 말을 나눌 수 없다는 사실이 두려워, 남자는 독순술 수업에서 배운 대로 무슨 말이든 해줄 수 있겠냐고 순진하게 요청한다. 남자는 '당신'의 미래를 예정된 방향으로 결정하는 한편 둘의 관계에서 '당신'이 자신의 '부족함'을 교정해야 한다고 일방적으로 판단한 것이다.[4]

　　이로 인해 '당신'은 남자를 마음에서 완전히 몰아내고, 그 과정에서 내려친 나무토막은 남자의 얼굴에 마치 그가 흘린 뜨거운 눈물이 길을 내며 굳어진 것 같은 깊은 흉터를 남긴다. 그러므로 이십여 년 후 희랍어 강의실에서 여자가 남자의 흉터를 올려다보며 "오래전 눈물이 흘렀던 곳을 표시한 고지도"를 떠올린 것은 정확한 안목인 셈이다. 사랑이 결렬된 순간 형성된 이 눈물길 때문일까, 남자는 자주 피와 눈물을 흘리곤 한다. 시린 눈 때문에 이따금 눈물을 흘릴 때마다 알 수 없는 이유로 눈물은 오래 멈추지 않는다. 그는 여자의 목소리를 오직 단 한 번 들었을 뿐이지만, 그 매서운 분노의 순간마저도 그리워할 만큼 사랑의 생이 지속되면서, 얼굴의 눈물 자국은 회복되지 않고 움푹 파인 채로 거듭 새롭게 길을 낸다. 이처럼 남자가 뜨거운 물과 피를 빈번히 흘리는 인물로 그려지는 데 반해, 여자는 아무것도 흘릴 수 없는 인물로 그려진다.

　말을 잃은 뒤 처음으로, 그날 밤 그녀는 거울 속의 자신을 곰곰이 들여다보았다. 잘못 보고 있는 것이라고 언어 없이 생각했다. 두 눈이 저렇게 고요할 수는 없다. 피나 고름, 더러운 얼음 같은 것이 흘러나오고 있다면 오히려 놀랍지 않았을 것이다. 그녀의 눈 속에 침묵하는 그녀가 비쳐 있고, 비쳐 있는 그녀의 눈 속에 다시 침묵하는 그녀가…… 그렇게 끝없이 침묵하고 있었다.

　오래전에 끓어올랐던 증오는 끓어오른 채 그 자리에 멈춰 있고, 오래전에 부풀어 올랐던 고통은 부풀어 오른 채 더이상 수포가 터지지 않았다.

　아무것도 아물지 않았다.

아무것도 끝나지 않았다.

실어증으로 침묵이 몸을 차지하게 되면서, 여자의 얼굴은 목각이나 바위처럼 어떠한 물리적 동요도 경험하지 못하게 된다. 생생한 물질적 세계로부터 한걸음 멀어져 있는 존재가 되어 피를 흘리고 싶어도 흘릴 수 없고, 눈물을 흘리고 싶어도 흘릴 수 없었다. 어쩌면 이는 실어증을 겪기 전에 아이를 잃게 되었을 때부터 굳어진, 아무것도 판단하지 않고 감정을 부여하지 않겠다는 결심의 연장이기도 할 것이다. 과거의 실어증이 여자에게서 어떤 시간을 회수해 갔다면, 이번의 실어증은 그녀의 시간을 멈추게 하고 말았다. 아이를 잃은 상처가 끝나지도 아물지도 않는 상태에 정지해 있는 것과 마찬가지로.

그러나 여자는 자주 자신의 마른 뺨을 손등으로 닦아내곤 한다. 아무런 액체가 흐르지 않음을 알면서도 이따금 얼굴을 문질러 닦아내는 그녀의 모습은 마치 언어적 삶을 살아갈 때 그러했듯이 뜨거운 눈물이라도 와락 쏟아내기를 갈구하는 것처럼 보인다. 여자는 의문을 품고 거듭 묻고 있는 게 아닐까? 어떻게 "그렇게 부서지고도 (…) 살아 있"는 것인지, 이토록 고통스러운데 눈에서 피가 흐르지 않을 수 있는지를.[5] 실어증을 겪은 후 말을 잃은 것보다 고통에 대한 감각을 잃은 것이 정말로 그녀에게 시급한 문제인 셈이다. 여자가 언어를 되찾아 살아 있는 생의 생생한 고통을 경험하고자 하는 건 이러한 이유에 기인한다.

여자는 오직 꿈에서만 무언가를 흘리고 쏟아낼 뿐이다. 말을 잃기 전 반복되던 꿈속에서 여자는 상처투성이의 몸으로 피와 진물을 흘리곤 한다. 그러나 어김없이 "누구의 것인지 알 수 없는 손이 돌처럼 단단한 약솜으로 그녀의 입을 틀어막"는다. 향후를 예견하듯 혹은 여자의 내밀한 바람을 반영하듯, 고통에 대한 감각과 언어를 각각 상징하는 "피와 비명"은 단호하게 밀봉된다. 여자는 직접 흘리는 대신 흐르고 쏟아지는 것들이 지나온 흔적을 다만 바라볼 수 있을 뿐이다. 여자가 기억하는 최초의 꿈의 내용처럼.

눈이 펄펄 내리는 그 꿈속에서 무심한 표정의 사람들

이 여자를 스쳐 지나갔다. 언젠가 아이가 "마치 가장 정확한 작명이라는 듯 단호하게" "펄펄 내리는 눈의 슬픔"[6]을 여자의 인디언식 이름으로 명명한 건, 한순간 제 어머니의 가장 오래된 꿈속 풍경을 건너다본 것인지도 모른다. "눈이 하늘에서 내려오는 침묵"이라는 눈과 침묵의 대응 또한 여자가 침묵 자체를 상징하는 인물임을 짐작하게 한다. 이에 더해 "모든 것이 펄펄 내리는 눈에 덮여 있다. 얼다가 부서진 시간 같은 눈이 끝없이 그녀의 굳은 몸 위로 쌓인다"는 문장 등은 또한 이 작품에서 눈이라는 자연물이 그 적층적 속성으로 인해 시간의 더께를 의미함을 알게 한다.

한 여자가 땅에 누워 있다.
목구멍에 눈.
눈두덩에 흙.

여자가 희랍어로 쓴 시는 그녀의 처지에 대한 가장 적확한 비유가 된다. 슬픔이라는 이름의 그녀 위에 눈이 내려앉듯 또 다른 슬픔이 차곡차곡 쌓인다. 여자의 시간이 어느 순간에 정지되어 있다면, 외부의 시간은 그 정지된 장면 위에 나날이 더께처럼 쌓여 굳어지는 것이다. 이때 시간은 그저 여자와 단절된 채 무심히 흐르는 시간이 아니다. 얼어붙은 표면 위에 날마다 끼얹어지는 핏자국에 빗대어지듯, 살아가는 고통 그 자체이기도 한 것이다. 해결되지 못한 상처 위에 그 아픔을 가중하는 생이라는 상처가 날마다 소리 없이 쌓여간다. 그렇게 죽음과 다르지 않은 상태가 된다. 동시에 핏자국은 아무리 굳어있는 것처럼 보여도 조금씩 새어 나오는 감정의 선연함을 암시한다. 언어가 응고된 자리에서 감정의 수용과 표현마저 딱딱하게 굳어졌을지언정, 내심 그녀는 자신이 쓰는 문장에 미처 사라지지 않은 감정이 배어 있으며, 그것이 굳은 핏자국처럼 어느결에 드러나곤 한다는 것을 알고 있다.

나아가 이렇게 피 흘림을 맞대어 비교하는 유비類比는 여자와 남자 두 인물이 "덧없고 아름다운 세계"로 대표되는 '실재'와, "영원하고 아름다운 세계"로 대표되는 '관념'의 세계가 서로 관계하는 방식과 관련된다. 여자가 격렬한 고통으로 느낀 감각적 현실을 되찾고 싶어 하지만 형이상학적 세계에 붙잡혀 놓여나지 못하고 있다면, 남자는 관념적 이데아의 세계를 추구하면서도 부지불식간에 감각적인 것의 아름다움에 사로잡히곤 한다. 소설에서 두어 번 등장하는 아래 인용문은 감각적 실재의 세계와 형이상학적 이데아 사이에 놓인 남자의 본원적인 고뇌를 가리킨다.

세계는 환幻이고 산다는 건 꿈꾸는 것이다, 라고 그때 문득 중얼거려보았다.
그러나 피가 흐르고 눈물이 솟는다.

그가 계속해서 현실과 이데아의 뒤섞인 환상을 맞닥뜨리는 이유도 바로 여기서 연유하는데, 남자가 한국으로 돌아와 처음 맞은 초파일에 이 문장을 읊조리게 된 데도 꿈과 현실이 혼동되는 경험이 자리하고 있다. "한 번 더 빠져나갈 꿈 밖의 세계가 없"음을 자각하는 남자의 태

도는 아름다움의 절대성을 확신하며 자신이 모든 꿈 밖을 벗어난 것이라 믿었던 플라톤과 대비된다.[7]

그리고 이는 요아힘 그룬델과의 철학적 논쟁을 통해 더욱 직접적으로 표명되는, 이데아에 대한 남자의 사유와도 맞닿아 있다. 독일에서 사귄 동성 친구 요아힘은 아주 어릴 적부터 크고 작은 수술을 받다가 열네 살에 이미 시한부 선고를 받은 인물로서, 투병기를 담보 삼아 "세상의 어떤 불행이든 스스럼없이 대해도 될" 자격을 스스로 부여하고서 남자의 예정된 실명을 스스럼없이 입에 올리기도 한다. 가령 요아힘은 남자가 언젠가 눈이 멀어 감각적 세계를 잃게 되기에 플라톤으로 대표되는 형이상학적 세계에 필연적으로 매료된 것이라 말한다. 이에 대한 답은 분명하지 않다. 그러나 독일어가 모국어인 대다수 동급생보다 더 잘할 수 있는 과목을 탐독하다가 희랍어의 복잡한 문법 체계 속에서 안락함을 느끼게 된 것이 어떻게 그런 문제로만 해석될 수 있을까. 그렇게 간단하지 않은 문제라 강조하던 여자의 대답을 똑같이 돌려줄 수 있을 것이다.

남자가 주로 관념적 이데아의 세계에 매료되었다면, 요아힘을 사로잡은 것은 언제나 "물리적 실재와 시간"이었다. 그는 "소멸에 맞서는 생명"의 역동성과 생생함을 아름다움으로 믿었다. 어쩌면 그렇기에, 요아힘은 남자가 형이상학적 문제를 탐독하면서도 도리 없이 감각적 실재에 매혹됨을 누구보다 기민하게 알아챘는지도 모른다. 그러나 남자가 문학을 견디거나 신뢰하지 못하면서도 그 세계에 빠져들었던 이유는 요아힘과는 미묘하게 다르다. 이는 바로 잠재태에서 그려지는 "중첩된 이미지의 아름다움" 때문이다. 남자에게 아름다움은 서로 다른 세계의 겹침과 어긋난 시간성의 중첩, 즉 관념과 실재의 혼재, 유한의 무한을 통해 감지된다. 그렇기에 남자는 '어둠의 이데아, 죽음의 이데아, 소멸의 이데아'를 주장하지만, 요아힘에게 이는 성립할 수 없는 오류일 뿐이다. 이데아가 아름다움, 선함, 숭고함과 등치가 되는 개념이라 여기는 요아힘은 죽음과 소멸이 이데아를 가질 수 없다고 일축한다. "*어둠에는 이데아가 없어. 그냥 어둠이야, 마이너스의 어둠.*" 그러나 남자는 이 믿음을 지속한다. 영원한 진눈깨비 환상으로 대표되는, 죽음의 이데아의 원관념을 자신 안에 간직한다.

요아힘은 점차 남자에게 동성애적 연정을 품게 되면서, 한번은 향후 자신이 출간할 책이 점자로 제작되어 읽는 이와 '접촉'할 수 있기를 바란다고 넌지시 말하기도 한다. 그렇게 말할 때 그의 눈빛은 남자의 손이 제 얼굴을 만져주기를 갈망하고 있었으나 남자는 그 시선을 조용히 뿌리친다. 이후 한국에서 듣게 되는 요아힘의 죽음은 남자에게 깊은 상처를 남긴다. 남자는 언젠가 요아힘이 자신을 끌어안았을 때 마주 껴안지 못했던 것을 후회한다. 그러나 동시에, 그렇다고 해서 그가 요아힘을 만질 수 없었으리라는 것도 안다. 남자는 요아힘의 죽음으로 인해 모든 것이 자신에게서 떨어져 나갔으며, 가지고 있던 모든 기억이 핏물로 얼룩지고 녹슬어 부서지고 있다고 느낀다. 남자에게 감각적 실재로 대표되던 축이 무너졌기 때문인데, 앞서 본 바와 같이 이는 단지 하나의 축의 상실을 의미하지 않는다. 그에게 관념과 실재라는 두 축은 단단히 결합되어 있으면서 서로를 완성하는 것이다.

3

공백의 응시, 슬픔에 깃든 신성

그렇기에 결말부에서 여자가 남자의 어깨에 가만히 쓰는 단어가 '침묵으로 완성되는 소리'인 '숲'이라는 점은 남자의 회복을 암시한다. 그러나 남자가 침묵을 긍정하게 되는 과정은 결코 녹록지 않다. 침묵은 남자가 근원적인 공포를 느끼는 대상이기 때문이다.

내 목소리가 퍼져나가는 공간의 침묵에 공포를 느껴요./방금 내가 쓴 글씨지만, 십 센티미터 이상 눈에서 떨어지면 보이지 않아요./암기한 대로 소리내어 읽을 때 공포

를 느껴요./태연하게 내 혀와 이와 목구멍으로 발음된 모
든 음운들에 공포를 느껴요./내 목소리가 퍼져나가는 공
간의 침묵에 공포를 느껴요./한번 퍼져나가고 나면 돌이
킬 수 없는 단어들, 나보다 많은 걸 알고 있는 단어들에 공
포를 느껴요.

　남자가 첫사랑 '당신'에게 무슨 말이든 해달라고 하던
철없는 오만을 추동한 것 역시 실상 침묵이 공간을 잠식
해버릴 것에 대한 두려움이었다. 마찬가지로 그가 어릴
적 이탈리아 여행으로 방문한 카타콤베 묘지에서 느꼈
던 구토감에 가까운 공포는, 오랜 세월 동안 다 삭아 흙
이 된 수천 개의 유골에서 흘러나온 침묵에서 비롯된다.
따뜻하게 살아 있는 생명을 둘러싼 죽음의 침묵에서 극
한의 두려움을 느꼈던 것이다. 이는 여자가 언어의 역동
적인 생명력에서 역한 구토감을 느끼고 자신의 공간을
극도로 작게 유지하여 침묵을 위한 자리를 보존하던 것
과 대조된다.
　그러나 그는 침묵에 공포를 느끼는 동시에 침묵에 매

혹되는 사람이라고 하는 것이 더 정확한 표현이다.

텅 빈 강의실에서 희랍어 수업의 시작을 기다리며 함께 있을 때, 그렇게 실제로 당신과 대화하고 있는 것처럼 느껴질 때가 있었는데.

하지만 고개를 들어보면 당신은 절반, 아니 삼분지 이쯤, 아니, 그보다 더 부서져버린 사람처럼, 무엇인가로부터 가까스로 살아남은 벙어리 사물처럼, 무슨 잔해처럼 거기 있었는데. 그런 당신이 무서워지기도 했는데. 그 무서움을 이기고 당신에게 다가가 가까운 의자에 걸터앉았을 때, 당신도 문득 몸을 일으켜 꼭 그만큼 다가와 앉을 것 같기도 했는데.

그렇게 무서운 당신의 침묵이 생각나는 밤이 있었는데. 빛이 가득 고여 일렁이는 것 같았던 R의 것과는 전혀 다른 침묵

감각적 실재가 완성하는 아름다움에 이끌리고 말 때처럼, 침묵에 대한 매혹은 남자에게 두려움을 감수하고—침묵 그 자체인—여자에게 다가가게 한다. 밤이 되어 시야가 불편해지기 전 일찍 아카데미에 도착해 있곤 하는 남자는 자신과 마찬가지로 일찍 아카데미에 도착해 있는 여자와 단둘이 남겨질 때가 많았다. 이때 남자가 여자를 응시하기 시작하면서 두 사람이 서로의 얼굴을 잠자코 들여다보는 날 또한 늘어간다. 그러나 남자가 더 가까이 다가가거나 말을 걸면 여자는 황급히 자리를 피해버린다.

한편 이러한 응시는 여자가 소통하고 번역하는 방식이기도 하다. 말할 수 있었을 때도 여자가 이따금 상대를 물끄러미 바라보곤 했던 이유는, 시선이야말로 "접촉하지 않으면서 접촉할 수 있는 거의 유일한 방법"이었기 때문이다. 즉각적이고 직관적인 접촉으로써의 시선은, 너무나 육체적인 접촉처럼 느껴지는 언어의 역할을 대신하면서도 타인의 얼굴 아래 숨겨진 언어가 스스로 그 자신을 드러내도록 기다리는 일이 된다.

그러던 어느 날 남자가 계단에서 발을 헛디뎌 크게 다치자, 여자는 그가 치료를 받고 무사히 귀가할 수 있도록 돕는다. 이때 남자와 여자의 교감이 마치 시간이 엇나간 것 같던 날 이루어진다는 점을 주목할 필요가 있다. 어떠한 안내도 듣지 못하고 텅 빈 강의실에 혼자 앉아 있던 여자는, 문득 자신의 시간이 다른 모든 이의 시간과 어긋나 있으며 다시는 그들과 겹쳐질 수 없을 것 같다고 느낀다. 그러나 이는 응고된 핏자국 위에 또 다른 핏자국이 쌓이듯 선형적으로 무심히 흘러가던 고통의 시간에 비로소 발생한 균열이기도 하다.

남자의 집에서 마주 앉은 채, 남자는 자신의 이야기를 시작한다. 마치 여자가 어머니의 임종 직전 귀에 대고 쉬지 않고 속삭였을 때처럼. 어둠 속 남자의 끝없이 이어지는 발화와 침묵한 여자의 회상이 무작위로 뒤섞인 시간의 파편을 따라 교차한다. 이때 남자가 문득 카타콤베 묘지를 떠올리는 이유는, 그가 둘 사이를 유동하는 시간의 살아 있음을 감지했기 때문이다. 이는 생명의 온기를 둘러싸는 죽음의 적층이 시간의 적층 그 자체와 동일시될 수 있는 것임을 암시하면서, 그렇기에 더 나아가 그가 침묵에 대한 두려움을 전환할 수 있을 것임을 예견하는 대목이기도 하다. 여자에게 소통의 방식 중 하나가 응시인만큼, 여자는 마치 낯선 언어를 해독하듯 온 힘을 다해 집중하여 남자를 바라본다. 안간힘을 발휘하여 절박한 노력으로 그의 말을 듣는다.

기척 없이 그녀는 그의 말에 귀 기울인다. 그의 얼굴 속에 새 같은 무엇인가가 살아 있다는 것을, 그 따스한 감각이 그녀에게 즉각적인 고통을 일깨운다는 것을 곧 깨닫는다.

응시를 통해 그의 어린 시절을 건너다보기도 하던 여자는 문득 그의 얼굴에서 선명한 생명력을 발견하고 고통을 느낀다. 남자의 얼굴 깊은 곳에 깃들어 어른거리는 새 같은 형상은 어머니의 육신을 떠났던 그것이기도 하고, 겁난 얼굴로 물고기처럼 매끄럽게 빠져나갔던 아이의 온기이기도 하다. 단단히 굳어 멈춰 있던 여자의 내면은 서서히 고통으로 물들기 시작한다. 그리고 이는 바로 여자가 그토록 내내 기다려왔던 고통, 바로 살아 있음의 감각이다.

바로 이 지점에서, 인물들 사이를 가로지르는 신성에 관해 살펴볼 필요가 있다. "신은 보는 존재이거나, 시선 그 자체인 건가요?"라고 묻던 어느 수강생의 질문은 이 소설에서 신성이 시선과 긴밀히 관련됨을 암시한다. 구체적으로 이는 슬픔과 연민의 시선이다. 선하고 진능한 신을 성립 불가능한 오류라 정의하며 신의 부재를 증명하는 남자의 희랍식 논증에 맞서, '당신'은 "*나의 신은 선하고 슬퍼하는 신이야.*"라고 단호하게 말한다. 전능이 아닌 슬픔이 신성의 자리에 놓이는 것이다. 또 여자의 이름이 "펄펄 내리는 눈의 슬픔"임을 떠올려보자. 슬픔이 신성이라면, 슬픔이라는 이름을 가진 인물의 시선 역시 신성에 빗대어질 수 있다. 슬픔이 신의 속성으로 제시되는 이유는 다름 아닌 그것이 자신과 타인을 함께 돌보고 위로하기 때문이다. 문제를 해결하지 못하더라도 타인을 연민하고 그의 슬픔에 책임을 나눠 가짐으로써 고통을 겸허히 수용하는 방식으로 타인을 구하는 것이다.

그렇기에 이들이 서로 주고받는 응시는 두 사람 안에 깃든 절대 훼손될 수 없는 존엄과 고귀함을 바라보고 위로를 건네는 일이 된다. 두 사람이 서로 얼굴을 들여다볼 때마다 그들을 둘러싼 슬픔이 교환되고 있는 건 아니었을까. 언젠가 남자가 '당신'에게서 흘러나온 슬픔을 낱낱이 감각했던 때처럼.

그때 나는 불현듯 낯선 슬픔을 느꼈는데, 방금 받은 상처나 모욕감으로 인한 것이 아니라는 것을 곧 깨달을 수 있었습니다. (…) 쓰라리고도 달콤한 그 슬픔은, 믿을 수 없을 만큼 가까이 있는 당신의 진지한 옆얼굴에서, 미세한 전류가 흐르고 있을 것 같은 입술에서, 그토록 또렷한 검은 눈동자들에서 흘러나온 것이었습니다.

여자에게 예민한 언어 감각이 있다면, 남자는 감정의 미세한 결을 느끼는 감각이 발달해 있는지도 모른다. 어쩌면 그는 슬픔을 예민하게 감각하고 흡수하는 사람인

걸까. '당신'에게서 비롯되었던 슬픔은 마치 거주할 장소를 옮긴 듯이 이제 남자에게서 흘러나온다. 누군가에게 말을 걸 때 그가 짓는 특유의 표정에 어린 미묘한 슬픔이 이를 방증한다. 그의 눈에 늘 슬픔이 어려 있는 게, 그가 타인에게서 흘러나온 슬픔마저도 제 것으로 수용했기 때문이라면, 여자가 그의 눈길을 마주 볼 때 그녀가 보고 있던 건 눈동자 너머에 깃든 슬픔, 여자 자신에게서 흘러나왔지만 스스로는 느낄 수 없는 슬픔이라 할 수 있다.

여자에게 가까이 다가온 남자는 손바닥을 내밀며 떠날 것인지 묻는다. 그녀가 손가락으로 그의 손에 답을 적는다. 소리도 없고 보이지도 않는 무형의 글자들은 마치 눈송이처럼 미미한 감촉으로 내려앉았다가 미약한 온기를 남기고는 이내 사라진다. 소멸의 이데아가 한순간 현현하듯이.

첫 버스를 타고 나갔던 여자는 뜻밖에도 남자의 집으로 다시 돌아온다. 여자가 떠난 것을 알고서 남자는 꿈과 현실이 구분되지 않는, 과거 기억들이 혼재된 잠 속에서 헤매다가 현관 밖의 인기척에 다시 깨어난다. 잠기지 않은 현관문이 천천히 열리고 여자가 안으로 들어와 처방전의 위치를 묻는다. 책상으로 다가가려던 남자는 문득 거부할 수 없는 힘에 이끌리듯 그녀의 어깨를 끌어안는다. 곧이어 그가 여자의 얼굴 여기저기에 입을 맞추기 시작하고, 머뭇거리던 여자의 손끝이 응답하듯 그의 얼굴에 닿았다 사라지기를 반복한다. 이내 둘은 가까이 누워 서로를 끌어안는다.

마치 시간이 나에게 입 맞추는 것 같았어요.

입술과 입술이 만날 때마다 막막한 어둠이 고였어요.

영원히 흔적을 지우는 눈처럼 정적이 쌓였어요.

무릎까지, 허리까지, 얼굴까지 묵묵히 차올랐어요.

남자는 여자의 입맞춤을 눈이 쌓이는 것과 같은 시간의 입맞춤에 비유한다. 여자의 입술이 닿는 자리마다 무거운 침묵이 고인다. 마치 침묵이 오래전 여자에게서 회수했던 시간을 남자에게 되돌려주듯이. 혹은 시간이 제 몫의 침묵을 나누어 주듯이. 침묵만으로 자족적인 침묵이 두 사람 사이에 깃든다. 더는 보지 못하게 될 때 "말이 필요할 거라고", '당신'에게 소리 내어 무슨 말이든 해 달라고 요청하던 단절의 두려움은 결말에 이르러 이렇게 침묵에 대한 긍정으로 귀결된다.

살아 있는 유기체처럼 감각되는 시간과 마찬가지로, 침묵이 더는 말의 부재가 아니며 모든 공간에 깃든 것임을, 더 나아가 "맞닿은 심장들, 맞닿은 입술들이 영원히 어긋"남으로써만 가능해지는 연결의 매개임을 비로소 이해한 것이다. 그러나 이들은 '이해'에 도달하지 않는다. "심장과 심장을 맞댄 채, 여전히 그는 그녀를 모른다." 그저 접촉을 통해 어렴풋이 뒤섞이는 슬픔만이 존재할 뿐이다.

0

소멸의 이데아

이들의 관계를 사랑이라 할 수 있을까. 물론 사랑은 다양하게 정의될 수 있지만, 섣불리 사랑이라 일컫기 주저되는 이유는, 무엇보다 슬픔이라는 신성이 이들을 강하게 연결하고 있어 이에 먼저 주목할 필요가 있기 때문이다. 어쩌면 남자와 여자가 상대방을 통해 서로 구하고 있는 건 완전히 다른 것일지도 모른다. 남자는 첫사랑 '당신'에게서 희구했던 아름다움과 구원을 여자를 통해 대리 충족하는 것일 수도 있고, 여자는 여태 그 어떤 의미도 부여하지 않았던 남자의 슬픔과 생명을 읽음으로써 그를 어떠한 언어로 인식하게 된 것일 수 있다. 과거 생경한 단어와의 조우를 통해 언어를 다시 찾게 되었듯이, 그와의 교감을 통해 여자의 두 번째 실어증에 금이 간다.

집에 돌아가 있는 동안, 여자는 죽은 희랍어 문자들과 "견딜 수 없이 생생한 모국어 문장들"을 적었다. 사어인 고대 희랍어 문자들이 시간의 더께마다 덮인 침묵을 의미한다면, '생생한' 모국어 문장들은 활달히 제 성질을 드러내는 언어의 생명성을 의미한다. 그리고 이제 '그'라는, 완전히 낯선 언어가 두 번째 실어증의 장막을 걷으려 하고 있다. 비가 "하늘에서 떨어지는 끝없이 긴 문장들"에 빗대어졌듯, 창밖으로 날카로운 침처럼 내려꽂히는 거센 빗줄기는 여자가 비로소 말을 내뱉을 수 있게 될 것임을 암시한다. 그리하여 두 손을 가슴 앞으로 모으고 가만히 입술을 축이는 여자의 마지막 모습은 언뜻 첫 장면과 유사해 보이지만, 이제 그 입술에서는 비로소 첫음절이 새어 나온다. 물론 이것이 '극복'으로 이해될 수는 없다. 여자의 삶에는 다시금 고통이, 생생하게 피 흘리는 아픔이 예정되어 있다. 그러나 비단 그뿐일까. 마지막 장면에 이르러 이들은 부유하는 무한한 언어의 심해 아래 흔들리는 침묵의 숲에 누워 고요를 느끼는 모습으로 그려진다. 이제는 침묵과 언어가 서로를 공격하지 않으며, 반드시 소멸하고 말 진눈깨비처럼 그들의 위로 단어들이 흩날린다. 침묵이 소리에 의해, 소리가 침묵에 의해 완성된다. 어릴 적 여자가 종이 위에 빼곡히 썼던 단어, 이제 남자의 살갗에 투명한 언어로 적어 내려가는 단어, 침묵으로 완성되는 소리인 '숲'의 현현을 통해 그들은 일생 내내 믿어왔던 아름다움의 이데아를 본다.

여기서 소설의 첫 문장은 이제 다르게 해석된다. 묘비명, 즉 죽음—침묵—의 이름을 '우리 사이에 언어가 있었네'로 읽을 수도, 다시 그 언어의 이름을 '두 사람 사이에 놓인 죽음'으로 읽을 수도 있다. 이미 죽은 언어인 희랍어가 둘의 만남의 매개가 되었듯, 죽음이 두 생을 잇는 고요한 연결이 된다.

소년이 온다

잇닿음과 맺음
– 서로에게 닿을 때 우리에게 다음이 온다
·

성현아

『소년이 온다』 (2014, 창비)

『소년이 온다』는 1980년 5·18 민주화 운동을 다룬 소설이다. 하지만 과거를 재현하는 데 그치는 소설이 아니다. 쉬이 부서지기에 더더욱 단단히 끌어안아야 하는 영혼을 지키고자 죽음을 무릅쓴 이들이 지금-여기의 우리에게로 걸어오는 이야기다.

　이 소설을 읽는 내내, 우리는 한강 작가가 했던 질문을 되뇌게 된다. 이리도 참혹한 세계가 어떻게 이토록 아름다울 수 있는가. 그 기이한 양면을 마주하게 하는 소설은 어둠이 반복적으로 내리는 세계에서도 환한 쪽으로 나아갈 수 있다고 손짓한다.

　우리는 소설 속에 밝혀진 촛불을 우리의 심지에 이어 붙일 수 있다. 『소년이 온다』를 읽고서 꺼지지 않는 불꽃을 나누어 품게 되기를 바란다.

읽기 그 자체의 고통

한강 소설 중 가장 난해한 작품으로 손꼽히는 작품은
『채식주의자』(2022, 창비)이지만, 기실 『소년이 온다』
(2014, 창비)만큼 읽기 힘든 작품도 없다. 독자를 옥죄는
것은 인과의 희미함이나 문체의 난해성이 아니라 읽기
자체의 어려움이다. 모든 참혹이 더할 나위 없이 선명하
기 때문에 단숨에 읽어내릴 수가 없다. 심상心象만을 맺
을 수 있는 언어로 구현되었다는 하나의 겹, 작가의 개입
을 거쳐 선별된 서사가 배치되었다는 또 다른 겹, 그 장
막들조차 잔혹한 참상을 가려주지는 못한다. 실제 역사

적 사건인 5·18 광주 민주화 운동에 기초하고 있다는 점에서 그 정황 역시 명확하므로 도망칠 구실을 찾기가 어렵다. 게다가 2024년 12월 3일, 45년 만에 비상계엄이 선포되었고 계엄군이 대한민국의 국회로 들이닥치는 광경을 목격했기 때문에 소설이 보여주는 공포는 지극한 현실로 체감된다. 따라서 활자를 읽어내리는 과정이 곧 비극을 직면하기 위한 사투가 된다. 소설은 참혹을 세밀하게 묘사하여 읽는 이들을 달아나고 싶게 만들면서도 아주 느리게 맞추어지는 기억의 조각들을 더디게 건넴으로써 진상을 파헤치고 싶은 마음에도 불을 붙인다. 중층의 안개를 뚫고, 도대체 사람이란 어떤 존재인지, 인간의 존엄성이란 실재하는 것인지에 대한 진정한 앎으로 나아가고 싶게 만든다.

『소년이 온다』는 널리 오래 읽힌 만큼 그 독법 또한 다양하다. 분석되지 않은 부분이 없다 싶을 만큼 촘촘히 해석되었지만, 그 모든 비평적 접근이 무용하다 싶게 인식틀을 초과하는 에너지를 지닌 작품이라는 데 난점이 있다. 주목해 보고 싶은 것은 소설 속에서 연결과 분리가 섬세하게 반복되는 양상이다. 기묘하게 이접해 있는 폭력과 존엄, 참혹과 숭고가 인간 안에 공존하고 있음을, 소설은 찬찬히 들여다본다. 극과 극에 있다고 여겨지는 관념들이 연결되는 양상은 이를 이해해 보려 하는 이들을 정신적으로 분열하게 만든다.

『소년이 온다』를 읽으면, 우리의 머릿속에는 하나의 질문이 남게 된다. 인간이 어떻게 그럴 수 있는가? 이와 같은 물음은 두 가지 의미를 동시에 지닌다. 인간이 어떻게 그다지도 잔인해질 수 있는지에 대해 탄식하는 의미와 압도적인 잔혹 앞에서도 마지막까지 양심을 지킨, 놀랍도록 선한 이들을 향한 찬탄의 의미가 바로 그것이다. 『소년이 온다』는 극단적으로 이질적인 면모가 인간에게 병존한다는 사실을 마주하게 하고 나아가 받아들이기 혼란스러운 그와 같은 맞닿음이 도대체 어떤 의미인지를 탐구하게 만드는 소설이다.

2

인간의 행위

한강 작가는 『소년이 온다』라는 제목을 번역본에서도 그대로 활용하고 싶었으나 영어판에서는 제목을 바꿀 수밖에 없었다고 밝혔다.[8] 우리말 제목을 영어로 직역하면 '오다come'라는 단어에 내포된 성적인 의미와 연결될 수 있기 때문에, 그러한 오해를 피하기 위해 '인간의 행위'를 의미하는 *Human acts*로 정하게 되었다고 한다. 한강 작가는 영어판 제목을 1장에 등장하는 장면에서 착안했다고 말한 바 있다. 천변길에서 무장 군인들이 신혼부부로 보이는 젊은 남녀를 둘러싼 후 남자를 계속해서 곤

봉으로 내리치는 광경을 동호가 목격하는 대목이다. 이 때 동호는 "사람의 손, 사람의 허리, 사람의 다리"가 얼마 나 잔혹한 일을 할 수 있는지, 어떻게 사람의 생명을 빼 앗고 한 인격을 무참히 짓밟을 수 있는지 알게 된다. 이 장면은 여러 층위의 가해 행위와 강제력을 아우르는 다 소 추상적인 개념인 '폭력'을 세부적인 손짓, 발짓으로 가까이 감각하게 한다. 그리하여 대다수가 지니고 있는, 익숙한 신체 기관이 얼마나 무시무시한 일을 행할 수 있 는지 깨닫게 만든다.

하지만 그러한 '인간의 행위'가 폭력에만 매여있지 않 음을, 소설은 그와 대비되는 몸짓을 그려 보여준다. 정대 를 비롯한 사람들이 총에 맞아 쓰러진 광경을 목도한 동 호가 집으로 돌아왔을 때, 아버지는 그에게 뻐끗한 허리 를 안마 차원에서 밟아달라고 부탁한다. 동호는 양말을 벗고 조심스레 아버지의 허리에 발을 올려 척추와 엉치 뼈 사이를 부드럽게 눌러준다. 아버지는 통증이 호전되 는지 시원하다고 말하며 개운해 한다. 사람의 허리, 사람 의 다리가 이번에는 다른 방식으로 맞닿는 것이다. 이 사려 깊은 몸짓은 사람을 고통의 극한으로 몰아붙였던 앞선 행위와 달리 한 사람의 고통을 완화한다. 사람의 신체가 어떤 일을 해낼 수 있는지 대비적으로 보여주는 장면들의 교차는 인간이 지닌 기이한 양면성을 시각과 청각, 촉각으로 느끼게 한다.

마사 너스바움은 인간의 유한성과 그것의 육체적 실현 사이의 독특한 관계성에 주목하며 "인간의 삶은 하나의 기묘한 신비와 같아서 열망이 한계와 결합되어 있고, 힘이 가혹한 약함과 연결되어 있다"[9]라고 말한다. 누군가를 때릴 수도 부드럽게 어루만질 수도 있는 인간의 육체가 얼마나 악독해질 수 있고 얼마나 더 선량해질 수 있는지 동시에 보여주는 비극의 시간을 마주해야만, 우리는 이 소설의 전말을 이해할 수 있을 듯하다. 선善은 더욱 환해지고 악은 거세게 맹렬해지는 세계. 서로 다른 성질들이 나란히 서는 인간의 세계. 기묘한 잇닿음이 뒤엉켜있는, 인간이 구축한 세계. 이러한 세계에서 '1980년의 광주'는 역사 속에서 반복되는 학살이자 그에 저항하는 거센 흐름을 통칭하는 표상이 된다. 광주를 "하나의 도시를 가리키는 고유명사가 아니라, 인간의 폭력과 존엄이 극단적으로 공존한 시간을 가리키는 보통명사"[10]로 인식하게 되었다는 한강의 말 또한 유념해 봄 직하다. 징그럽게 얽혀드는 한 몸으로서의 폭력을 단호히 잘라 내면서 기어코 존엄으로 걸어 나가는 『소년이 온다』를 좀 더 깊이 살펴보자.

3

'너'와의 대면

　1장 「어린 새」는 작품의 중심인물이자 구심점이 되는 소년 '동호'를 '너'라고 호명하며 시작한다. 동호는 1장부터 6장에 이르기까지 시종 이인칭 대명사인 '너'로 불린다. 소설 속에서 '너'는 동호를 부르는 다른 이름으로 기능한다. '너'는 고정되어 있지만, '너'를 부르는 인물들은 장마다 달라진다. 1장에서 화자는 소설의 내부에 등장하지 않는다. 소설에 나타나지 않는 전지적 작가 시점의 화자가 '너'라고 말을 건네면서 서술을 이어 나갈 때, 독자는 그것이 동호를 부르는 단어임을 알면서도 함께 지목

당하는 듯한 인상을 받게 된다. 그러므로 동호와 순간순간 겹치기도 한다. 독자는 초점 화자인 '너'를 따라 세상을 보게 된다. 동호가 도청 앞에 흔들리는 은행나무를 바라보고 투둑투둑 떨어지는 빗방울을 차갑다고 느끼는 것을 그대로 따르게 된다. 그러므로 '너'는 세계를 보는 관점이며 독자가 소설 안에서 가지는 대리 신체이다. 이는 한 인물을 부르는 말이 한 사람만을 특정하는 고유명사가 아닌 여러 사람을 담을 수 있는 대명사여야만 했던 이유를 짐작하게 한다. 반대로 동호를 묘사하는 화자 역시 구체화되어 있지 않다. 따라서 '너'를 부르는 자리에도 독자가 포개어질 수 있게 된다. 동호의 행위를 묘사하는 문장에 쓰이는 '너'라는 주어조차 육성으로 하는 호명을 환기하기 때문이다. 1장에 나타난 문장이 대부분 돈호법처럼 읽히므로 독자는 '너'라고 함께 불렸다가 '너'를 부르기도 하는 유동적이고 적극적인 행위자로 초대된다.

한강은 인터뷰를 통해 이미 죽었거나 곁에 없는 이라 해도 '너'라고 부르면 앞에 나타나 있는듯한 인상을 주기 때문에 이러한 지칭에는 불러서 살아 있게 하려는 마음이 투영되어 있다고 이야기했다.[11] 2장에서 정대의 혼이 '너'의 죽음을 감지할 때, 3장에서 은숙이 도청에 남았던 '너'를 기억할 때, 4장에서 익명의 시민군인 '나'가 사진 속에 박제된 어린 중학생인 '너'의 죽음을 증언할 때, 5장에서 선주가 죽은 '너'의 사진을 마주했을 때, 6장에서 동호의 엄마가 '너'를 직접 묻었다는 사실을 토로할 때, '너'의 죽음은 거듭 확인된다. 게다가 2장까지 나아가지 않더라도 역사적 사실로 미루어볼 때 1장에서 이미 '너'의 죽음은 예견된다. 그러나 '너'는 이인칭 대명사로 끊임없이 불리면서 어른어른 살아나게 된다.

그러므로 재차 불리는 '너'는 잃어버린 이를 복원하여 다시 대면하려는 의지의 산물이자 살아 숨 쉬는 대면의 장場이다. 너를 부르려면 너를 부를 수 있는 자신의 자리를 가늠해야만 한다. '그'나 '그녀' 또는 '그들' 등의 삼인칭 대명사로 누군가를 지칭할 때는 불리는 이와 부르는 이 사이의 거리를 따로 측정하지 않아도 된다. 한 존재에 관해 전해 들은 간접적인 경험담이나 지금은 부재한 이에 대한 과거의 이야기 또한 충분히 표현할 수 있다.

그러나 '너'라는 호칭은 이를 부르는 자의 위치성을 요하기에 '너'와 대면하는 '나'를 강제로 소환한다. 따라서 '너'를 호출하는 '나'를 표면에 드러내지 않는 1장의 서술을 읽으며 우리는 '나'로서 자리매김할 수밖에 없다. '너'는 '나' 없이 존재할 수 없고 '나'가 부르는 '너'는 이 세상에 없을 때도 온전히 '너'로 다시 우뚝 선다. 이러한 소설적 장치로 인해 동호는 가상의 인물이자 역사 속의 제삼자로 남지 않게 된다. 동호를 현재와 소설 밖에서도 살아 있게 만드는 이와 같은 구성은 비록 그것이 객관적인 사실이 아니라 하더라도 읽는 순간에만큼은 우리 안의 진실이도록 만든다. 읽기를 통해 "상호주체성의 가짜 현재 순간"[12]이라 불러볼 법한 생생한 시간을 구축하면서 우리는 '너'에 접속한다.

4

과도한 죄의식

1장에서 '너'가 느끼는 주된 정서는 죄책감이다. 넘어진 정대를 일으켜 세워주지 못한 채 빗발치는 총소리에 혼비백산하여 도망쳤던 것, 건물 옥상에 배치된 저격수들이 쓰러진 이들을 도우려는 사람들에게까지 총을 쏘자 겁에 질려 서둘러 광장을 빠져나갔던 것이 그 화근이다. 결과적으로 '너'가 친구인 정대를 돕지 못한 것은 사실이나 정대로 추정되는, 하늘색 체육복 바지를 입고서 쓰러진 이가 꿈틀대자 '너'는 뛰쳐나가려 했었다. 옆에서서 입을 막고 있던 아저씨가 '너'를 말리지 않았다면

'너'는 정대를 구하려 했을 것이다. 더불어 사방에서 총을 쏘고 여러 사람이 피 흘리며 쓰러져 있는 상황에서 살아남기 위해 숨어서 자기를 보호한 것이 지탄받을 일도 아니다. 정대를 죽음에 이르게 한 것은 '너'가 아니다. 그럼에도 '너'는 정대가 총에 맞는 것을 봤다고 누구에게도 털어놓지 못한다. '너'는 실종된 정대의 누나, 정미가 집으로 돌아와 주기를 바라며 그 앞에 무릎 꿇고 용서를 구하고 싶어 한다. 그런 '너'는 정대의 죽음에 책임이 있다고 느끼며 속죄하려는 듯이 도청에 끝까지 남는다. 아들과 손녀를 찾으러 왔다는 노인에게 무명천을 걷어 훼손이 심한 시신을 보여줄 때, '너'는 그때 쓰러졌던 이가 정대가 아니라 다른 누구였다고 해도, 심지어는 엄마였다고 해도 자기가 달아났을 거라고 확신한다. 참혹한 상태의 시신을 마주하고 몸서리치는 노인을 보며 '너'는 "용서하지 않을 거다. (…) 아무것도 용서하지 않을 거다. 나 자신까지도."라고 되뇐다. 이는 '너'의 다짐이자 내면의 목소리이지만, 노인의 말처럼 들리기도 한다. 더불어 '너'를 바라보는 화자의 말 혹은 '너'를 기억하려는 작가의 선언으로도 읽힌다.

　발화자가 누구인지를 명확하게 가려내는 일보다 더욱 중요한 것은 '너'를 비롯한 사람들이 지니게 되는 과도한 죄의식을 살피는 일이다. 동호는 학살의 현장에서 정대를 구하지 못했다는 것과 홀로 살아남았다는 데 죄책감을 느낀다. 이는 생존자의 죄의식이라고 할 수 있다. 유대인 학살에서 살아남은 생존자의 죄의식을 분석한 헤란트 캐챠도리안은 인간이 "절대적으로 어떤 통제력을 발휘할 수 없는 사건에 노출"될 경우 "의지를 지닌 한 인간으로서 의식과 인격을 여지없이 조롱당하게"[13] 되는데, 이때 느끼는 수치심이 살아남았다는 죄의식과 결합하여 더욱 강력해진다고 이야기한다. 맨몸으로 총구 앞에 내던져진 동호가 선택할 수 있는 것은 도망뿐이다. 누구라도 그렇게 했을 것이므로 아무도 그를 비난할 수 없다. 그럼에도 그는 아무것도 할 수 없었다는 무력감과 자신이 죽을 수도 있었으나 다른 이들이 대신 죽은 것만 같은 비합리적이지만 필연적인 생각에 휩싸여 자기 파괴적인 부끄러움을 경험하며 괴로워한다. 동호의 모델이

되었던 소년 문재학 군이 도청 상황실에 남아 "국민학교 동창인 양창근이가 총에 맞아 죽었고, 또 사람들도 많이 죽었어요. 그래서 나는 여기서 심부름이라도 하면서 지내겠어요."[14]라고 어머니께 이야기했다는 증언과도 맥이 닿아 있다. 동창의 죽음, 무고한 사람들의 죽음은 소년의 책임이 아니지만, 소년은 작은 일이라도 도와 그것을 함께 책임지려 한다.

저지른 죄에 비해 과중한 책임감을 느끼는 것은 어쩌면 타자의 고통 앞에 보일 수 있는 최선의 윤리다. 물리적으로 구할 수 없었지만, 구할 수 없음에 미안해하고 타인의 죽음을 자기 잘못으로 기꺼이 떠안는 자세는 결국 무엇이든 하게 만든다. 동호는 정대를 구하지 못했다는 죄책감에 도청에서 시신을 수습하는 일을 돕게 된다. 이후 점점 더 많은 시신을 마주하게 되면서 그들에게까지 죄스러운 마음을 확장해 나가다 두려움에 떨면서도 도청에 남기를 택한다. 이와 같은 죄의식이 여러 사람에게 발현되었던 데는 발포 명령자와 집행자가 일치하지 않는 상황에서 분노가 어디를 겨누어야 하는지 갈피를 잡을 수 없었던 정황도 영향을 끼쳤을 것이다.

그러나 참혹한 상황에 대해 함께 책임을 지려고 하는 마음은 어디에서 시작되었든 그 자체로 숭고하다. 모든 탓을 나에게 돌리면서 자책에 골몰하는 병적인 반응이라기보다 타인의 고통을 외면하는 방관자가 되지 않기 위한 염결한 몸부림이기 때문이다. 실로 생존자 죄의식은 "죽음으로 우리 곁을 떠난 사람들에 대해 우리가 정서적으로 관심을 갖는 데 도움"을 주고 "불가항력적이며 자신의 의지와 상관없는 것 같은 사건들에 대한 통제력 비슷한 것을 제공"한다.[15] 나아가 그것은 "힘들어하는 사람들과 유대감을 유지"[16]할 수 있게 함으로써 죽은 자들뿐 아니라 그 죽음에 고통을 느끼는 이들과도 연결될 수 있게 해준다. 동호가 가지는 죄의식은 피해자에게 주어지기에는 너무나 과중하고 불합리한 것이다. 그러나 그가 그것을 떠안아 고통당하는 이의 곁에 머무르고자 할 때, 미약한 행위로라도 이들의 훼손된 존엄을 복구하기 위해 노력할 때, 그는 죽은 자들과 연결된다. 그를 통해 그의 시각에서 세계를 경험하는 우리 또한 죄의식을 나

누어지며 비극을 책임지기 위한 움직임에 동참하게 된
다.

———— 5 ————

증언의 불가능성

2, 4, 6장, 그리고 에필로그에는 '나'라는 일인칭 화자가 등장한다. 이 장들은 화자 본인이 경험한 일을 직접 진술하는 구조로 이루어져 있음에도 불구하고 다른 장들과 마찬가지로 온전한 증언에는 실패하고 만다는 공통점을 가진다. 에필로그의 '나'는 각 장의 이야기를 구성한 작가로서 자신이 이와 같은 서사를 창작할 수밖에 없었던 계기를 설명한다. 이때 '나'가 증언하는 것은 유년기에 엿듣게 되었던, 동호를 죽음에 이르게 한 1980년 광주의 진상이다. 성인이 된 '나'는 이를 조사하는 과정

에서 동호가 죽은 뒤 유족들이 살아내 온 비극적인 시간을 전해 듣게 된다. 에필로그는 '나'가 집필 과정을 들려주는 형식을 취하고는 있으나 동호의 이야기를 복원하는 데 주안점을 두고 있다. '나'가 사건과 관련된 모든 사료를 읽고 성실히 자료 조사를 했다 하더라도, 사건 당시 '나'가 타지역에 머물렀고 동호와 일면식도 없는 사이라는 점은 변하지 않는다. '나'는 사실상 그와 가장 거리가 먼 인물이다. '나'가 광주를 방문하게 되는 시점 또한 그로부터 오랜 시간이 지난 이후이기에 이미 많은 흔적이 사라진 상태다. 증언이 이루어지기 어렵게 만드는 시간적, 공간적 간극이 존재한다고 볼 수 있다.

2장에서 정대는 다른 누구도 아닌 자기 이야기를 하고는 있지만 죽은 상태에서 혼으로서 발화한다. 그는 자신의 몸이 다른 시신들과 포개어져 탑을 이루고 악취를 뿜으며 썩어가다 불태워지는 과정을 빠짐없이 목도한다. 그러나 이는 직접적인 체험이 아니라 자신으로부터 유리된 상태에서의 목격이다. 폭력의 극단을 몸소 체험한 자의 생생한 증언이기는 하나, 자기 신체가 아무런 존중도 없이 고깃덩어리처럼 처리되는 과정을 가까이에서 목격하게 된 혼의 진술이므로, 이 역시 온전한 증언이라고 보기는 어렵다. 그가 증언하고 있는 현실이 작가에 의해 추체험 된 시신 소각 현장임을 유추할 수 있기에 더욱 그러하다. 1장에서 동호가 상상해 보았던, 죽은 제 얼굴을 들여다보는 혼의 모습과 정대의 혼이 상당히 유사한 형태를 띤다는 점과 무고하게 죽임당한 혼들이 우리에게 오는 이야기를 쓰고 싶었다는 작가의 말을 참조할 때, 2장은 상상력으로 재구성된 가상의 세계로 인식된다. 하지만 이러한 구조가 증언 행위의 무의미함을 강조하려 하는 것은 아닌 듯하다. 오히려 누군가가 자신이 겪은 참상을 증언하면 우리는 이를 쉬이 이해할 수 있다는 순진한 낙관을 미리 차단하여 어떤 방식으로도 당시의 학살을 온전히 이해할 수 없다는 사실을 보존하려는 의도로 읽힌다.

4장 역시 시민군이었던 '나'가 자신의 경험을 직접 진술한다. 하지만 고문 후유증으로 자살하고만 '김진수'에 관해 묻는 윤 선생에게 진수에 대한 기억을 들려주는 구조를 취한다는 점에서 이 역시 목격담에 가깝다. '나'는 각자의 양심이 서로의 결백한 마음들과 만나 "세상에서 가장 거대하고 숭고한 심장"을 이루는 경이로운 경험을 했던 자다. 더불어 김진수와 함께 끝까지 도청에 남았다가 상무대로 끌려가 온갖 종류의 고문을 받으며 그와 식판 하나로 식사를 나누어 먹은 자이기에 진수의 행적을 잘 아는 사람이다.

그러나 그는 "다음의 일은 말하고 싶지 않습니다. 더 기억하라고 나에게 말할 권한은 이제 누구에게도 없습니다"라고 이야기하며 어떤 구간에 이르러서는 진술을 거부한다. 증언할 수 있는 '나'가 고문을 당한 당사자이기에 고통스러운 기억을 떠올리고 언어화하는 일 자체가 다시금 상처 입는 과정이 되는 것이다. 실제로 5·18 민주화 운동의 희생자 가족은 폭도로 내몰린 가족의 명예를 복권하고 참상을 알리기 위해 수차례 시위 현장에 나서서 증언을 반복해야 했다. 동호의 실존 인물로 알려진 문재학 투사의 어머니는 총살당한 아들의 모습이 담긴 처참한 사진을 목에 걸고 거리에 서기도 했다. 피해자와 유족들은 당시의 참상을 더 잘 설명하기 위해 노력해야 했고, 그 과정에서 거듭 트라우마에 노출될 수밖에 없었다.

김진수가 찾아와 같은 방에 수감되었던 소년 '영재'가 여러 차례 자살 시도를 했다는 소식을 전할 때, '나'는 영재의 삶에 대해 듣고 싶지 않았다고 한다. 끔찍한 허기와 갈증, 고통과 더러움만이 남았던, 그러므로 자기를 혐오할 수밖에 없었던 시절을 떠올리게 만드는 얼굴들을 마주하기가 힘들었기 때문일 것이다. 그러므로 김진수에게 의지하면서도 그를 끔찍해 하고 지워버리고 싶어 했던 '나'가 김진수를 더듬더듬 떠올려보며 하는 파편화된 말들은 하나의 통일성 있는 서사가 되지 못한다. 동호의 시신이 담긴 사진에 관해 이야기를 들려달라는 요청 앞에서 '나'는 어린 학생들까지 쏘아 죽인 연유를 도저히 설명할 수 없다며, 불가능한 증언을 재차 요구받는다는 사실에 분노한다. 숭고한 신념에 따라 행동했지만, 결과적으로 고문받고 모욕당해야 했음에, 나아가 죽어간 이들을 지켜내지 못하고 홀로 살아남았다는 죄책감에 괴로워하는 '나'는 자살 충동을 느끼고 있다. 심리적으로도 '나'는 증언이 가능한 상태가 아닌 것이다. 게다가 '나'는 김진수와 동호, 영재와 극한의 상황을 함께 지나왔지만, 그들과 오래전부터 알고 지낸 사이가 아니며 사건의 전말을 파악할 수 없는 소외된 위치에 있다.

6장에 등장하는 '나'(동호의 엄마)는 4장의 '나'와 달리 동호의 성장 과정을 모두 지켜봐 온 양육자이자 그와 매우 가까운 존재다. 그러므로 그의 기호, 성품, 말버릇과 교우관계까지 속속들이 알려줄 수 있는 사람이다. 하지만 그런 '나'는 도청 밖에 있었던 인물이기에 무얼 위해서 동호가 거기에 남았는지, 그곳에서 어떤 공포와 생존을 향한 갈망을 느꼈는지 짐작만 할 뿐이다. 그러므로 '너'에 대해 증언해 보려 시도하는 '나'는 어떻게 해야 '너'를 살릴 수 있었을지, '너'의 의지를 꺾을 수 있었을지, 혹은 '너'와 함께 남았던 이들을 다 같이 지켜낼 수 있었을지 가늠할 수 없어 "인자는 암것도 모르겠어."라고 말할 수밖에 없다.

이로써 우리가 확인하게 되는 것은 이 소설이, 당사자

가 아닌 타자 또는 증언하기 어려운 상태의 당사자들이 증언을 시도하는 형식으로 이루어져 있다는 점이다. 한 강은, 자기 이야기를 진술할 수 있는 인물들이 끔찍한 고통과 다시 대면할 수 없을 만큼 큰 정신적 외상을 입은 상태임을 강조하고, 이들이 증언 가능성을 회의한다는 점을 부각한다. 이야기를 직접 진술하는 사람이 없게 만듦으로써 소설은 증언 불가능성을 수용하고 그에 대한 입장을 유지한다. 일찍이 여러 논자들이 증언 불가능성을 주장했던 이유는 홀로코스트와 같은 학살의 현장에서 죽음에 이른 이들이 마지막 순간에 느끼게 되었을 압도적인 공포와 좌절감을 살아남은 자들이 오롯이 증언할 수는 없다는 일말의 여지를 남김으로써 이해를 초과하는 고통이 있음을 인정하기 위함이었다.

이 소설 역시 이러한 증언 불가능성을 부정하지 않는다. 하지만 여러 인물이 대리 증언을 거듭하게 함으로써 정신 착란과 필사적인 망각으로 인한 왜곡, 극복될 수 없는 타자로서의 거리감, 추측만이 가닿을 수 있는 미지와 계획적인 은폐로 인한 공백을 그대로 남겨두되 진술의 조각들을 모아 기억을 조합해 간다. 불완전한 증언들이 서로 만나 어떤 때는 어긋나고 어떤 때는 맞물리며 옅은 궤적을 그려나가게 한다. 그리하여 학살의 온상을 어림해 보고자 시도한다. 파편화된 증언들은 서로 연결됨으로써 불완전하지만 그렇기에 더욱 믿을 수 있는 기억을 구성해 나간다. 온전한 이해란 허상이지만, 그래도 할 수 있는 최선의 이해에 도달해 보기 위하여 증언을 멈추지 않는 이들의 얼굴과 몸짓, 언어와 삶을, 소설은 재현한다. 그렇게 함으로써 학살 현장에 대한 객관적 사실이란 존재할 수 없으며 온전한 증언은 부재하다는 점을 공고히 하되, 증언 가능성에 관한 논의를 증언의 필요성과 증언하려는 이들의 용기에 대한 논의로 옮겨온다.

6

훼손과 혐오

　『소년이 온다』는 인간의 신체에 집중하는 소설이기도 하다. 2장에서 죽은 정대는 트럭에 함께 실린 다른 시신에 질투를 느낀다. 그는 치료의 손길이 남아 있어 상대적으로 청결하고 고귀해 보이는 몸을 부러워하면서 "몸들의 높은 탑 아래 짐승처럼 끼어 있는 내 몸이 부끄럽고 증오스러웠"다고 말한다. 이러한 치욕스러움은 신체를 주관할 권리를 잃고 완전히 수동적인 상태로 전락하여 시신마저 훼손당했다는 데서 온다. 거기에 더해 돌봄의 손길을 받지 못한 채 사회에서도 소외되어 버렸다는 데 수치심을 느끼는 것이다. 이러한 장면을 통해 우리는 인간의 신체란 세계 안에 자신이 속해 있음을 확인해 주는 매개체이자 '나'임을 보증해 주는 주체성의 근간임을 확인할 수 있다.

국가권력에 의해 부당하게 살해당한 존재가 느끼는 부정적인 정서를 묘사하는 소설의 과감함에, 읽는 이들은 또 한 번 놀랄 수밖에 없다. 민주화 운동의 희생자를 기릴 때, 우리는 그들의 무고함과 염결함을 주로 이야기한다. 이는 부당하게 평가절하당해왔으며 추醜의 영역으로 내몰려야만 했던 이들의 설움을 대변하고 그러한 왜곡에 저항하기 위한 노력의 일환이다. 하지만 이들의 숭고함만이 부각되고 이들이 선량한 시민이었음이 강조될 때, 이들은 하나의 상象으로 고정되어 추상화될 위험이 있다. 집단으로 기억됨으로써 개개인의 입체성이 소실될 수 있다는 이야기다. 이 소설은 당시에 살해당했던 한 인간이 느꼈을 법한 다양한 감정을 입체적으로 묘사함으로써, 당시의 희생자들이 특정 군집이 아닌 개별 존재임을 환기한다. 더불어 그와 같이 "악취를 뿜으며 썩어간

더러운 얼굴들"이라는 추의 영역을 강조함으로써 신체가 훼손될 때 느꼈을 모욕감과 그 원인이 되는 폭력의 잔혹성을 더욱 생생히 감각하게 한다.

4장의 '나' 역시 배설물을 가릴 수 없는 고문의 현장에서 신체 통제권을 잃고 침과 피, 진물과 오줌 등을 배출하던 자기 몸에 혐오를 느낀다. 신체의 분비물에서 혐오감을 느끼는 이유는 그것이 우리가 애써 경계 지으려던 "우리 자신과 인간이 아닌 동물, 또는 우리 자신과 우리가 지닌 동물성"을 흐트러뜨리며 "동물의 지위로 격하될 수 있"다는 두려움을 주기 때문이다.[17] 그러한 배설물을 처리할 수 없게 만드는 고문의 현장에서 '나'를 비롯한 이들은 자신의 동물성, 그리고 그것이 환기하는 인간의 유한성을 마주하며 의지와 통제력을 가진 존재임을 부정당하게 된다. 이는 죽음을 무릅쓰고서라도 지키고자 했던 순결한 정의감과 대조를 이루며 더욱 뼈저리게 체감된다.

이와 같은 혐오는 3장에서도 나타난다. 도청에 마지막까지 남을 인원을 정할 때, 은숙은 죽어도 괜찮다고 생각하면서도 죽음을 피하고 싶어 한다. 수습 과정에서 마주했던 시신들처럼 "몸에 구멍이 뚫린 채, 반투명한 창자를 쏟아내"면서 죽고 싶지 않다는 마음은, 자신의 신체가 그러한 상태로 전락하지 않길 바라는 마음이다. 여기에는 신체가 원치 않는 모습으로 훼손되어 노출되었을 때 느끼게 될 수치심에 대한 공포와 혐오감을 주는 시체 자체에 대한 거부 반응이 뒤섞여 있다.

　5장에서도 신체에 관한 서술이 이어지는데, 주목할 점은 선주를 '당신'이라는 이인칭 대명사로 지칭하며 이야기가 전개된다는 점이다. 3장의 중심인물인 은숙을 '그녀'라고 지칭했듯, 선주의 이야기도 충분히 '그녀'라는 삼인칭을 통해 서술될 수 있음에도 그러한 변화를 준다. 이는 죽은 동호를 살아있는 존재로 불러내기 위해 '너'라고 지칭하는 것과도 거리가 있다. '당신'과 '너'는 이인칭 대명사라는 점에서는 동일하지만, 다른 의미로 쓰인다. 죽은 동호를 '너'라고 친밀하게 불러 가깝게 느끼고 싶어 했던 것과는 다르게, 일부러 거리를 두고 존중의 의미를 담아 선주를 '당신'이라고 부른다. 추측건대 선주에게

'그녀'라는 성별 구분이 포함된 대명사를 부여하여 그가 지닌 여성성을 다시금 강조하는 일을 삼가려 했던 것으로 보인다. 더불어 '그녀'라는 말 자체는 가치중립적이지만, 그러한 지칭이 성적 대상화에 오용되기도 했던 관습을 고려하면 그와 같은 시선을 선주에게 돌려주고 싶지 않았던 것일지도 모른다.

선주는 크게 두 번, 여성으로서의 몸을 침해당한다. 여공들이 노동운동 현장에서 노조 간부들을 끌고 가지 못하도록 저항할 때, "처녀들의 벗은 몸"을 감히 만지지 못하리라는 생각에서 옷을 벗었으나 그 몸에 곤봉과 각목이 날아든다. 그 과정에서 선주는 형사에게 배를 밟혀 장파열 진단을 받고 입원한다. 선주가 숱하게 들어온 '우리들은 고귀하다'는 성희 언니의 말은 공허해지고 만다. 이 장면의 배경이 되는 동일방직 사건을 비롯한 1970년대의 인권운동이 5·18 민주화 운동으로 이어지고 그것이 다시 폭도라는 누명을 벗기기 위한 유족들의 시위와 선주가 몸담은 환경단체의 활동으로 연결된다는 점에 유의할 필요가 있다. 이는 광주민주항쟁이 특수한 상황에서 우연히 발생한 것이 아니라 인권을 짓밟는 폭압과 그에 대한 굳센 저항이 이어져 오던 역사적 맥락 안에서 일어난 것임을 알게 한다. 소설은 이러한 연결점을 사유하게 함으로써 이를 특정 지역만의 일로 축소하거나 북한군의 소행 등으로 왜곡하여 민주화 운동의 계보에서 배제하려는 악의적인 시도에 반박한다. 그리하여 5·18 민주화 운동을 시간적으로도 현재화하고 공간적으로도 고립되지 않도록 만든다.

다시 선주의 이야기로 돌아와 보자. 둘째로 선주에게는 도청에 남기를 택했다가 끌려가 나무 자와 소총 개머리판 등으로 성고문을 당했던 경험이 있다. 하혈이 멈추지 않을 정도로 신체가 극단적으로 훼손되었던 선주는 자신이 여성임을 드러내는 일조차 두려워한다. 그것이 곧 죽음의 공포와 직결되기 때문이다. 머리카락을 짧게 깎고 따뜻한 손길도 아프게 느껴 인간의 온기가 닿지 않는 곳으로 하염없이 도망쳐야만 했던 선주를 당신이라고 부를 때, 그 단어의 한자를 생각하게 된다. '當身'은 마땅 '당'에 몸 '신'자를 쓴다. 선주를 당신이라고 칭할 때,

선주에게 주어졌어야 하는, 더불어 누구에게도 침범당하지 않았어야 마땅한 신체를 오롯이 돌려주는 마음이 된다.

레지스탕스 활동 중 체포되어 게슈타포에게 고문을 당했던 장 아메리는 고문의 경험이 타자가 고문당하는 이를 파멸시킬 절대적인 권리를 행사하는 낯선 경험이기에 이 충격은 "이후의 그 어떤 인간적인 의사소통에 의해서도 상쇄될 수 없"다고 단언한다.[18] 그러므로 성희가 선주에게 하는 "나라면 너처럼 숨지 않았을 거야", "*나 자신을 지키는 일로 남은 인생을 흘려보내진 않았을 거란 말이야.*"라는 말들은, 고문으로 인해 선주가 지니고 있었던 타자에 대한 신뢰와 최소한의 규율이 유지되는 사회에 대한 믿음이 모두 깨어졌음을 이해하지 못한 발언이 된다. "고문당한 사람은 취향에 따라 영혼 혹은 정신이라 부르든, 아니면 의식, 혹은 자아 정체성이라 부르든 간에 어깨관절이 일그러지고 부수어지면 모든 것이 파괴된다는 것에 대한 놀라움"과 "절멸의 수치심"을 느끼게 되고, 이를 결코 잊을 수 없다.[19]

이러한 깨어짐은 지켜내야 할 것을 지켜내지 못했을 때 경험하게 되는 내면의 붕괴이기도 하다. 은숙이 자신의 영혼이 부서진 순간으로 꼽는 때는 총을 멘 진수가 여자들을 배웅하고 도청으로 돌아가는 뒷모습을 보았을 때와 도청을 나오려다 집으로 돌아가지 않은 어린 동호를 발견했을 때다. 동호를 돌려보내야 한다고 항의하지만, 동호는 남기를 택하고 은숙은 여리고 다정한 동호와 진수가 죽게 될 것임을 알고 있다. 그렇다면 인간의 영혼이 깨어지는 순간은, 지켜야 할 무언가가 위험에 노출되었으나 그것을 지켜주지 못할 때이다. 지키고 싶은 것은 훼손되어서는 안 되는 나의 몸일 수도, 더럽혀지고 싶지 않은 양심일 수도, 뜻을 같이했던 동료일 수도, 나보다 연약한 아이일 수도 있다. 그 대상은 사람마다 다를 것이다. 확실한 것은 영혼이 바스러지는 일 자체가 지켜내고 싶은 사랑하는 대상이 존재할 때만 가능해진다는 점이다. "세상은 왜 그토록 아름다우며 동시에 폭력적인가?" 라고 물었던 한강 작가는 "바로 사랑하기 때문에 우리가 절망하는 거라고. 존엄을 믿고 있기 때문에 고통을 느끼는 것이라고" 말한 바 있다.[20] 우리의 영혼이 "*부서지면서 우리가 영혼을 갖고 있었단 걸 보여*"주었듯, 우리는 누군가를 지키고 사랑하고 귀히 여기고 싶어 하는 투명한 마음을 가졌기 때문에 그것이 깨어질 때, 그 파편에 안팎으로 찔리는 아픈 경험을 하게 된다.

7

고통의 바깥에 서 있다는 것

잔인하지만 선명한 양극단의 연결을 이야기하는 한강은 선연한 분리의 현장 또한 명료하게 드러낸다. 한강은 죽은 자들, 살아남은 자들, 사랑하는 사람을 잃은 자들에게 몸을 빌려주고 싶었다고 밝혔지만, 그것이 완전한 빙의는 아니었다는 사실 또한 분명히 이야기했다. 그렇다면 혹자는 한강 작가가 진혼 의식을 치르는 영매의 역할을 수행한 것이라고 평가하기도 하지만, 영혼의 '들림'과 같은 완전한 밀착을 의도한 것이라고 보기는 어렵다. 이러한 부분은 '에필로그'가 작품 안에 수록되어 있다는 점에서 드러난다. 에필로그의 내용이 작가의 실제 체험과 거의 일치하기에 작가의 말에 있어야 할 부분임에도 작품 안에 삽입되어 있다는 점을 주의 깊게 살피는 조연정은 소설적 재현에 대해 작가가 어떤 방식으로든 해명하고 피해자들의 고통을 대신 증언하는 일의 불가능성까지 재현함으로써 작가의 책무를 감당해 내고 있다고 해석한 바 있다.[21] 황정아 역시 한강이 소설을 쓰는 과정 자체를 서사에 포함시켜 "소설 자체만이 유일하게 '성공한' 증언이 되어버리는 미학적 승화 또한 상대화"[22]하고 섣불리 승화를 말할 수 없었음을 진실하게 고백하고 있다고 평한다.

이러한 의견들에 동의하며, 하나 더 덧붙이고 싶은 것은 작가가 에필로그를 통해 『소년이 온다』 역시 소설가에 의해 구성되고 허구적으로 형상화된 작업물일 수밖에 없음을, 실재는 소설 바깥에서 독자가 구해야만 하는 것임을 강조하고 있다는 점이다. 이는 비극을 묘사하려는 창작자가 지켜야 할 재현의 윤리를 저버리지 않기 위해 마련한 장치로 보인다. 고통을 생생히 그리는 일과 그 고통의 한가운데에 있는 것은 다르다는 것을 작가는 한 사코 구분하려 한다. "고통의 바깥에 있다는 사실이 무섭도록 생생"[23]해지는 순간을 한강 작가는 경험했던 것 같다. 그는 타자의 고통을 제 것처럼 절절히 느끼는 마음은 귀한 것이지만, 그렇다고 하더라도 그것이 '나'의 고통으로 완전히 변환될 수는 없음을 분명히 한다. 그러기 위해서 소설의 창작 계기와 사전 조사 과정 등을 작품 내부에 그대로 노출하여 이 작품 역시 아주 생생할지언정 가공된 이야기라는 사실을 부각한다.

6장에 위치한 엄마의 증언 부분에서 감정적으로 고조될 수밖에 없는 독자들은 에필로그를 통해 동호와 그를 둘러싼 인물들을 한 발짝 떨어져서 조명할 수 있게 된다. 몰입했던 소설의 인물에게서 조금은 멀어지게 만드는 연유는 여름을 건너오지 못한 이들과 결국은 단절될 수밖에 없었음을 강조하기 위함이다. 이들이 느꼈을 감정과 감각을 상상력과 공감 능력을 동원하여 온몸으로 받아들여 보았다고 하더라도 끝내 메울 수 없는 간극이 있다는 사실까지, 우리는 찬찬히 살펴야만 한다.

그렇다고 해서 그것이 완전한 단절은 아니다. 오히려 연결되기 위해 끊어진 단면을 마주하고 다듬어보는 과정이 된다. 에필로그의 '나'가 중흥동 집 방바닥에 엎드려 배를 대고 숙제를 하던 순간을 기억하고 그 촉각을 통해 이후 그곳에 살게 되었을 소년을 떠올려보았던 일, 시공간적으로 분리된 타자와 찰나에 맞닿은 작은 접촉면에 대한 헤아림이 '나'로 하여금 그의 이야기를 쓰게 했다. 소년이 지녔던 목소리, 그림자, 얼굴, 걸음걸이가 다 생생해질 때까지 그를 하염없이 떠올리고 들여다보면서 그의 근처를 서성거려야 했을 '나'가 사명감을 가지게 되는 계기는 그토록 사소한 것이다. 같은 공간에 살았다는 우연, 그리고 거기에서 살 댄 부분들에 다시 소년이 피부를 맞대었으리라는, 연결에 대한 막연한 추측이다. 그러한 작지만 무한히 부풀려질 수 있는 가능성은 소년이 이끄는 밝은 쪽으로 따라갈 명분이 되기에 충분하다. 『소년이 온다』라는 책을 펼쳤다는 우연한 계기 역시 소년에게 이끌려 환한 쪽으로 나아가야 할 이유로 손색이 없다.

8

촛불의 잔존

작가는 최선을 다해 애도하기 위해 "소설의 맨 앞과 맨 뒤에 촛불을 밝히기로"[24] 정했다고 한다. 1장에서 동호는 몽당초 불꽃에 새 초의 무명 심지를 기울여 촛불을 밝힌다. 그런 그가 다 전하지 못한 이야기를 기록하려는 에필로그의 '나'는 소년들의 무덤 앞에서 초에 불을 붙인다. "반투명한 날개처럼 파닥이는 불꽃"은 아무것도 약속하지 않는다. 영원히 꺼지지 않는 사랑이나 마침내 도래할 구원 같은 것을 기대하게 만들지 않는다. 끝나지 않는 애도를 기약하기에도 너무나 미약하여 거센 바람을 견딜 힘이 없어 보인다. 하지만 그것은 옮겨 다니며 잔존한다. 조르주 디디-위베르만은 이와 같은 잔존이 "단지 어둠 속을 지나가는 미광일 뿐"이지만, "우리에게 파괴가 결코 절대적이지 않다고-설사 연속적이더라도-가르쳐 준다"라고 말한다.[25]

동호가 죽은 이들의 머리맡에 밝히던 촛불은 작가인 '나'가 늦게나마 붙이는 주황빛 촛불로 이어진다. 이는 5·18 민주화 운동에 관한 수백의 증언들 속에서 반복적으로 달려오던 익명의 사람들을 떠올리게 한다. 그들은 달려와서 쓰러진 사람을 일으켜 세워주거나 피 흐르는 환부를 수건으로 감싸주거나 정신을 잃은 사람을 업어 병원으로 옮겨준다. 일면식도 없는 이들에게 주먹밥을 만들어 나눠주고 헌혈하기 위해 거리에 나와 줄을 선다. 이들이 발하는 희미하나마 분명한 섬광을 생각한다. 그러한 반짝임은 명멸하되 소멸하지 않는다. 혼의 날갯짓처럼 보이는 촛불 가장자리의 미세한 떨림을 알아챌 기민한 눈과 깨어져도 식지 않는 마음을 우리는 가지고 있다. 작고 연약한 불빛이 완벽한 파괴와 절대적 어둠이란 있을 수 없다고 알리려는 듯 깜빡이며 우리를 부른다. 서로에게 기울어 닿으면, 우리의 심지에 다음의 불을 붙여 나갈 수 있을 것이다.

흰

사랑을 되풀이하는 몸말

·

허희

『흰』(2018, 문학동네)

『흰』은 한강이 쓴 다른 소설에 비해 분량이 적어 얼핏 단상처럼 보인다. 그러나 이 작품이 주는 여운은 강렬하다. 그 이유는 무엇보다 작가 본인의 경험—가족사의 아픔에 바탕을 두기 때문이다. 한강은 여기에 그치지 않는다. 그녀는 세계사의 비극을 응시하는 데까지 주제 의식을 확장한다. 『흰』에는 광대하고 심오한 영역이 펼쳐져 있다.

1

소슬한 빛

한강 작가가 직접 밝힌 이야기에서 시작해 보자. 2016년 5월, 그녀는 책을 소개하는 TV 프로그램에 출연했다. 요즘 관심사는 무엇인가요. 마무리 멘트로 진행자가 작가에게 물었다. 그녀는 이렇게 답한다. "요즘 관심사는 아주 밝은 것. 밝고, 눈부시고, 아무리 더럽히려 해도 더럽혀지지 않는 인간의 어떤 지점, 투명함, 그런 것에 관심 있어요. 6월에 나오는 신작도 그래요." 작가가 언급한 신작이 바로 『흰』이다. 환한 것에 대한 몰두는 그녀가 쓴 전작 『소년이 온다』(2014, 창비)와 관련 있다. 5·18 광주에 드리워진 국가 폭력의 탁하고 깊은 어둠을 오래도록 응시하느라 그녀는 몹시 지쳐 있었다. 당시 작가는 5·18 광주에 관한 기록은 물론, 아메리카 원주민 학살이나 제2차 세계대전 등 인류에게 지울 수 없는 상흔을 남긴 여러 자료를 찾아 종일 읽었으니까.

왜? 5·18 광주를 특권화하려는 목적에서가 아니라, 소설 속 문장을 빌리면 "*인간은 무엇인가. 인간이 무엇이지 않기 위해 우리는 무엇을 해야 하는가.*"에 관한 질문을 버리기 위해서였다. 그리하여 작가는 번역가 데보라 스미스가 이 작품의 영문 제목을 '인간의 행위'human acts로 옮기는 데 동의했다. 인간이 인간에게 저지른 학살과 고문의 현장에 내내 머문 작가가 느꼈을 심적 고통을 독자가 온전히 헤아리기는 아무래도 어렵다. 다만 『소년이 온다』의 「에필로그―눈 덮인 램프」에 기술된 작가가 꾸는 끔찍한 꿈(군인이 총검으로 명치를 찌른다든가, 수십 년간 밀실에 가두었던 5·18 연행자들을 얼마 후 처형한다는 소식에 황망해 하는 장면 등)을 통해 짐작해 볼 수는 있다.

하지만 책을 낸 후에도 작가에게 밤의 평안은 찾아오지 않았다. 한참 뒤에 쓰인, 제주 4·3을 전면화한 『작별하지 않는다』(2021, 문학동네)의 초반부에서도 드러난다. 1부를 펼치자마자 나오는 바닷물이 해변의 묘지를 휩쓰는 꿈. "그 꿈을 꾼 것은 2014년 여름, 내가 그 도시의 학살에 대한 책을 낸 지 두 달 가까이 지났을 때였다."라고 소설에는 적혀 있다. 『소년이 온다』를 집필하기 위한 각종 텍스트를 독파하던 2012년 겨울부터 시작된 그녀의 악몽이 『작별하지 않는다』를 쓸 때까지 이어졌다. (어쩌면 지금도 계속되고 있는지도 모른다.) 소설의 주인공 경하, 실상 작가라고 봐도 무방한 인물은 다음과 같이 서술한다. "이제는 오히려 의아하게 생각한다. 학살과 고문에 대해 쓰기로 마음먹었으면서, 언젠가 고통을 뿌리칠 수 있을 거라고, 모든 흔적들을 손쉽게 여읠 수 있을 거라고, 어떻게 나는 그토록 순진하게—뻔뻔스럽게—바라고 있었던 것일까?" 『소년이 온다』와 『작별하지 않는다』 사이에 놓인 『흰』은 이러한 고뇌의 맥락을 염두에 두고 살펴보아야 한다. 그러면 제목에서 풍기는 인상과 달리 이 작품이 티 없이 맑은 순수만을 예찬하지 않는다는 사실을 자연스럽게 이해할 수 있다.

2018년에 낸 개정판 『흰』에 실린 작가의 말에서 한강은 '하얀'과 '흰'의 차이를 명확하게 구별 짓는다. 전자가 "솜사탕처럼 깨끗하기만 한" 것이라면, 후자는 "삶과 죽음이 소슬하게 함께 배어 있다"고. 다시 한번 강조하지만, 그녀는 이와 같은 면에서 하얀 것이 아니라 흰 것을 초점화한 것이다. 그래서 이 책은 찬란하기보다는 소슬하다는 형용사의 뜻 그대로 으스스하고 쓸쓸한 느낌을 자아낸다. 동시에 "우리 안의 깨어지지 않고 더럽혀지지 않는, 어떻게도 훼손되지 않는 부분"에 대한 믿음. 이를 정언명령처럼 수행하려는 작가의 꿋꿋한 의지도 같이 체감할 수 있다. 이래서 『흰』은 얇으면서도 빽빽한 책이라고 평가할 만하다. 작가의 단행본 중에서는 분량이 적은 편에 속할지언정, 삶과 죽음을 둘러싼 사유의 밀도는 촘촘하기 때문이다.

2

자전과 허구 사이

『흰』은 소설일까? 이 소설을 읽을 때 처음 맞닥뜨리게 되는 질문은 아이러니하게도 이것이다. 우리가 익숙한 소설의 기준에 이 책은 부합하지 않는 것처럼 보인다. 소설이란 모름지기 허구의 양식으로 널리 알려져 있으니까. 실제 없는 사건을 실제 있는 것처럼 꾸며낸 이야기. 가령 『채식주의자』와 『희랍어 시간』이 여기에 해당한다. 다양한 인물이 등장하기도 하지만, 이들이 엮어내는 서사를 작가 본인의 체험으로 여기는 독자는 없으리라. 『소년이 온다』와 『작별하지 않는다』도 마찬가지다. 한국현대사의 트라우마를 줄기로 삼고, 작가가 화자로서 직접 발화하기도 하나, 그 자취는 부분적으로 감지될 뿐이다. 작가의 실제에 비해 허구의 비중이 압도적이라는 말이다. 『흰』은 다르다. 허구에 비해 작가의 실제 비중이 훨씬 크다.

이는 한강이 2016년 책을 출간할 때 담당 편집자에게 "이 책 전체가 작가의 말"이라고 답한 일화와도 결부된다. "웃으며 이야기했던 기억"이라고 덧붙이지만 그렇다고 가벼운 우스개는 아니다. 그녀에 따르면 이 글은 『소년이 온다』를 펴낸 그해 여름, 폴란드 수도 바르샤바로 떠나 지냈던 시절 집필을 시작했다. 그 점을 고려하면 1장의 서술자이자 제목인 '나'는 한강으로, "이 도시"는 바르샤바로 바꾸어도 어색하지 않다. 아니, 그렇게 읽을 수밖에 없다. 따라서 이 책은 작가 특유의 내밀성이 돋보이는 시적 에세이처럼 간주될 수 있다. "내 어머니가 낳은 첫아기는 태어난 지 두 시간 만에 죽었다고 했다."(1장 「배내옷」)도 실제 일어난 일이니까. 작가의 말끝에 "이 책의 처음에 계신, 1966년 가을의 어린 어머니와 아버지

께 조용하고 불가능한 인사를 건넨다."라고 쓴 연유도 거
기 있다.

그러나 결론부터 제시하건대 이 책은 충분히 소설의
범주에 포함된다. 자전소설이라는 장르를 예로 들 수 있
다. 표준국어대사전은 자전소설을 "자기의 생애나 생활
체험을 소재하여 쓴 소설"로서, "삼인칭을 사용하여도 무
방하다는 점에서 자서전과 다르다."라고 풀이한다. 부연
하면 자전소설은 자기의 삶을 다채로운 방식으로 허구
화한다는 것이다. 이는 이미 일어난 사실을 의도적으로
왜곡하거나 미화하는 얄팍한 술책과는 궤를 달리한다.
어떤가 하면 자기의 삶이라 할지라도, 거기에는 자기가
미처 인지하지 못했거나, 능동적으로 그리고 꼼꼼하게
해석해야 하는 모호한 영역이 언제나 있을 수밖에 없다
는 뜻이다. 그것은 마치 각자의 얼굴이 가진 딜레마와 유
사하다. 내 것이자, 나를 타인과 구분하는 결정적 표지이
지만, 스스로 결코 볼 수 없으며, 거울에 비치거나 카메
라에 찍힌 이미지를 통해서만 짧은 시간 접하는, 가장 가
깝고도 먼 나의 실존.

그렇게 보면 나에 대한 모든 이야기는, 아무리 정확하게 쓰겠다고 애쓰더라도 본질적으로 완벽한 현시를 해내지 못한다. 그것은 지난 사건에 대한 재구성이라는 점에서 불완전한 재현일 수밖에 없다. 이른바 성공한 유명인의 그럴듯한 자서전이 대부분 허망한 까닭이 여기 있다. 그들의 삶은 각종 고난에도 불구하고 각고의 노력, 또는 탁월한 역량으로 무언가를 크게 성취했다는 빤한 스토리로 환원되기 일쑤이다. 밋밋하고 별다른 흥밋거리가 생기지 않는다. 더 나쁘게는 위에서 거론한 대로, 이미 일어난 사실을 의도적으로 왜곡하거나 미화하는 얄팍한 술책을 부리기도 한다. 자서전이라고 불리나 그때 사용되는 일인칭의 정체는 '나답지 않은 나'일 확률이 높다. (좋은) 자전소설은 이와 대비된다. 불균질한 사실들을 특정한 목적에 억지로 끼워 맞추어 형식적 종합화를 이루려고 하기보다는, 파편적 사실들이 난반사하는 현상 그대로를 인정하고, 그곳에 아른대는 문학적 진실의 단면을 발견하려고 하니까.

핵심은 이렇다. 논픽션이 사실에 관한 경합이라면, 픽

션은 사실에 감춰진 진실을 포착하는 데 온 힘을 기울인다는 것. 건조한 사실의 나열이나, 사실 규명에 복무하려는 목표를 설정하지 않음으로써, 겉으로 뚜렷하게 드러나고 명백하게 인식되는 것을 넘어 다층적 차원에 집중함으로써, 소설은 특유의 가치를 지닌다. 그러한 가치를 중시하지 않는다면 누군가 지어낸 가짜 이야기에 특별한 관심을 기울일 필요가 있을까? 소설이 흥미진진하기만 한다면 그만이라는 태도를 보이는 사람도 있을 것이다. 그렇지만 소설에 담긴 삶의 복잡다단함에 심드렁하게 굴어서는 안 된다. 힘주어 말하자면 (언어로 구현된) 인생에 대한 예의이기에 그렇다. 의미를 내팽개치고 재미만 추구하면 된다는 식의 입장은, 타인은 물론 자기 인생을 대하는 자세에 고스란히 적용되기 마련이다. 인생을 섬세하게 존중하는 방법을 배우려고 우리는 소설을 읽는다. 『흰』은 그러는 데 넉넉하게 소용된다.

앞에서 자서전과 달리 삼인칭을 사용할 수 있다는 점이 자전소설의 특징임을 언급했다. 그 부분에도 이 책은 부합한다. '2장—그녀'를 보자. '1장—나'에서 활용되던 일인칭은 2장에 이르러 그녀라는 삼인칭으로 바뀐다. 뒤에 더 자세하게 설명하겠지만, 이때 그녀는 1장의 나를 달리 지칭하는 대명사만은 아니다. 2장의 그녀는 태어난 후에 절명한 어머니의 첫아기—나의 언니를 가리킨다. 1장 말미에 배치된 「그녀」와 「초」가 그럴 수 있는 연결고리를 형성한다.

 "그 아기가 살아남아 그 젖을 먹었다고 생각한다. (……) 죽음이 매번 그녀를 비껴갔다고, 또는 그녀가 매번 죽음을 등지고 앞으로 나아갔다고 생각한다. *죽지 마. 죽지 마라 제발.* 그 말이 그녀의 몸속에 부적으로 새겨져 있으므로. 그리하여 그녀가 나 대신 이곳으로 왔다고 생각한다. 이상하리만큼 친숙한, 자신의 삶과 죽음을 닮은 도시로."(2장 「그녀」)

 "그런 그녀가 이 도시의 중심가를 걷는다. 네거리에 세워진 붉은 벽돌 벽의 일부를 본다. 폭격으로 부서진 옛 건물을 복원하는 과정에서, 독일군이 시민들을 총살했던 벽을 떼어다가 일 미터쯤 앞으로 옮겨 세운 것이다. 그 사실을 새겨놓은 낮은 비석이 세워져 있다. 그 앞에 꽃 항아리가 놓이고 여러 개의 흰 초가 밝혀져 있다. (……) 흘러내리는 촛농은 희고 뜨겁다. 흰 심지의 불꽃에 자신의 몸을 서서히 밀어 넣으며 초들이 낮아진다. 서서히 사라진다. *이제 당신에게 내가 흰 것을 줄게. 더럽혀지더라도 흰 것을, 오직 흰 것들을 건넬게. 더 이상 스스로에게 묻지 않을게. 이 삶을 당신에게 건네어도 괜찮을지.*"(2장「초」)

위 두 구절을 이어서 읽어야 어째서 1장의 나에게서, 2장의 그녀로 시점이 옮겨지는지 납득할 수 있다. 그러면 2장의 그녀가 태어난 후에 절명한 어머니의 첫아기—나의 언니를 가리킨다는 설명도 수정되어야 옳다. 보다시피 2장의 그녀는 나의 언니이면서, 나로 현현한다.

사실로만 정리하면 어떨까. 『소년이 온다』를 쓴 뒤 작가는 폴란드 번역가의 초청으로 바르샤바로 떠난다. 그곳에서 틈날 때마다 산책하면서 그녀는『흰』의 구상에 힘쓴다. 바르샤바에 머물며 느끼는 감상, 짧은 생을 마감한 언니에 대한 애도가 그 책의 중심에 위치한다.' 틀린 요약은 아니지만 바람직한 갈무리가 되지는 못한다. 공백이 너무 많다. 이 책을 독해하는 열쇠는 사실만으로 채워지지 않는 공백을, 작가가 어떤 문학적 진실로 메우느냐를 탐구하는 데 있다. 대개 문학적 진실은 평범한 상식의 울타리를 훌쩍 벗어난다. 때로는 초자연적 면모를 띠기도 한다. 예컨대 "이 도시의 유태인 게토에서 여섯 살에 죽은 친형의 혼과 함께 평생을 살고 있다고 주장하는 남자의 실화"(1장 「빛이 있는 쪽」)는 어떤가. 한강은 "분명히 비현실적인 이야기인데, 그렇게 일축하기 어려운 진지한 어조로 씌어진 글"이라고 평한다.

남자는 언젠가부터 한 아이의 목소리를 듣는다. 무슨 말을 하는지는 알지 못한다. 그는 벨기에인 가정에 입양되어 자라 폴란드어를 몰랐기 때문이다. 이후 가족의 비밀을 알게 된 남자는 자신에게 계속 찾아와 말하는 여섯 살 친형의 메시지를 해독하기 위해 폴란드어를 공부한다. 그리고 마침내 깨닫는다. 어린 형이 겁에 질린 채, 독일군에 붙잡히기 전에 했던 몇 마디 말을 되풀이하고 있었다는 것을. 그 뒤 아이의 죽음을 떠올리고 싶지 않아 불면의 밤을 보내던 작가는 문득 언니를 생각한다. "태어나 두 시간 동안 살아 있었다는 어머니의 첫아기가 만일 나를 이따금 찾아와 함께 있었다면, 나로서는 그걸 알 길이 없었을 것이다. 그이에게는 언어를 배울 시간이 없었으니까. (……) 죽지 마. 죽지 마라 제발. 알아들을 수 없었을 그 말이 그이가 들은 유일한 음성이었을 것이다. 그러니 확언할 수도, 부인할 수도 없다. 그이가 나에게 때로 찾아왔었는지. 잠시 내 이마와 눈언저리에 머물렀었는지."

한 번도 마주했던 적 없는, 일찍 세상을 떠난 형제자매가 지금도 나와 지속적으로 연결되어 있다는 고백은 일상에서 헛소리로 취급받기 십상이다. 객관적 증명이 불가능한 오컬트로 치부될지도 모른다. 그런데 만약 그것이 진짜라면? 혹은 그러는 편이 더욱 윤리적 행위에 가깝다면? 문학적 진실은 이때 작동한다. 거친 이분법의 폭력 아래 침묵하는 수많은 목소리를 대신하여, 우리는 없는 존재가 아니라 다만 드러나지 않았을 뿐이라는 전언이 문학적 진실 안에 스며든다. 그래서 작가는 확실하게 말할 수는 없다고 해도, 이러한 일이 가능함을 "부인할 수도 없다"고 쓴 것이다. 그녀는 여기에서 멈추지 않고 결단한다. "그이가 내 언니라는 것을, 내 삶과 몸을 빌려줌으로써만 그녀를 되살릴 수 있다는 사실을 깨달았을 때 나는 이 책을 쓰기 시작하고 있었다."

눈에 보이는 것만을 신뢰하는 사람에게는 작가의 진술이 이상하게 들릴 것이다. 그렇지만 정말로 중요한 것은 눈에 보이지 않는다는 명제에 동의하는 사람이라면, 그녀의 깨달음이 오랜 숙고를 거쳐 도달한 내적 진실임을 수긍할 수 있다. 나아가 "내 삶과 몸을 빌려줌으로써 그녀를 되살릴 수 있다는 사실"의 경우 자서전이 아닌, 소설 창작을 통해 문학적 진실에 다다랐다는 점도 새삼 확인할 수 있다. 이를 작가가 수행한 '내재적 초월'이라고 명명할 수 있을 테다. 이번이 처음은 아니다. 『소년이 온다』 연재를 시작하는 글에서 그녀는 이렇게 쓴 적이 있다. "반짝이는 소설을 쓰겠다고? 네 심장 가운데로 들어가 봐, 무엇이 거기서 널 기다리는지. 두려워하며 나는 심장 가운데로 들어가, 눈을 뜨고 들어가, 결코 내가 쓰지 않을 거라고 생각했던 이야기와 마주쳤다. 이 소설을 쓰기로 마음먹으면서, 나는 다른 사람이 되기를 원했다."

내가 다른 사람이 되기 위한 추동력을 외부에서 얻는 것이 아니다. 작가는 자기 심장에 박혀 있는 근원적인 역사(이야기)와 대면할 때 가능한 소설 창작의 방법론을 주창했다. 그러기에 이를 경험적 총체 속에서 그것을 뛰어넘는 내재적 초월이라고 부를 수밖에 없다. 또한 '2장─검은 숨'에서 죽은 이의 시점으로 서술되는 장면에서 알 수 있듯이, 『소년이 온다』는 삶과 죽음의 경계 지점─살지도 죽지도 않은 자들의 세계인 중음中陰의 세계를 포괄한다. 그녀는 과거와 현재를 겹으로 살면서 이들을 진혼하는 영매와 같은 역할을 문학적으로 한다고도 볼 수 있다. 이를 계승하여 과거의 연속선상에서 실천한 글쓰기의 결과물이 『흰』이다. 이 작품과 『소년이 온다』의 접점은 또 있다. 아기가 운명하기 전까지 어머니가 거듭 속삭이던 "죽지 마라, 제발"이라는 말이 이상하게 자신에게 낯익다는 느낌에 놀랐다고 작가가 술회하는 장면이다.

"그건 내가 몇 달 전까지『소년이 온다』를 고쳐 쓰며 마지막 순간까지 붙들었던 5장에서, 투병 중인 성희 언니를 향해 고문 생존자인 선주가 건넸던 말과 정확히 같은 것이었다. 죽지 말아요." 누군가를 향해 죽지 말라는 말은 아무나 할 수 있지만, 그에 담긴 함의가 모두에게 동일한 층위로 가닿지는 않는다. 하지만 그녀는『소년이 온다』에 언급된 "죽지 말아요"의 간절함이 참척에 맞닥뜨린 모정과 "정확히 같은 것"임을 뒤늦게 인지한다. 그러니까 작가가『소년이 온다』의 후속작으로『흰』을 쓰기로 마음먹었을 때, "그 책의 시작은 내 어머니가 낳은 첫 아기의 기억이어야 할 거라고" 다짐한 것이다. 좀 더 보충하면 이것은 자신의 근원을 향한 여정이 낳은 또 다른 산물이다. 예를 들어『소년이 온다』의 집필은 광주에서 태어나 자라며 짊어진 유년의 부채 의식과 떼려야 뗄 수 없는 관계를 맺는다. (그녀가 열 살 되던 해인 1980년, 아버지가 중학교 교사직을 그만두고 가족이 서울로 거주지를 옮기면서 5·18이 일어나기 직전 한강은 광주를 떠난다.)

　이후 작가는 그보다 더 소급하여 자기가 잉태된 장소, 같은 곳에서 태어났으나同生 언니는 죽고 자신이 살아남은 사연을 곱씹는다. 왜 너는 거기에 있고 나는 여기에 있는가. 종교인이라면 신의 섭리라고 단언하겠지만, 그녀는 "신을 믿어본 적이 없으므로, 다만 이런 순간들이 간절한 기도가 된다"면서 위태로운 나날 가운데 다만 "흰 것들을 생각"한다. 그러한 실마리들을 참고하면 『흰』은 언니에 대한 애도이자, "우리 안의 깨어지지 않고 더럽혀지지 않는, 어떻게도 훼손되지 않는 부분"을 끝내 붙들고자 하는, 그것이야말로 자신의 근원이 되기를 바라는 작가의 열망이 적극적으로 투영된 책으로 볼 수 있다. 『소년이 온다』에서 제기한 절실한 의문, "*인간은 무엇인가. 인간이 무엇이지 않기 위해 우리는 무엇을 해야 하는가.*"의 대답으로 『흰』을 내놓은 것이다.

3

질문으로서의 답

작가는 노벨문학상 수상자 자격으로 2024년 12월 7일 스웨덴 한림원에서 본인의 문학 세계를 되짚어 보는 강연을 했다. (「빛과 실」이라는 제목으로 작성된 원고는 스웨덴 한림원 누리집에 공개되어 있어 누구나 내려받기할 수 있다. 한강 문학을 이해하는 데 매우 중요한 자료라서 읽기를 권하고 싶다.) 「빛과 실」에는 『흰』과 연관된 부분도 적지 않게 나온다. 우선 작가는 『작별하지 않는다』 이후 집필 중인 차기작과 관련하여 『흰』을 이야기한다. "태어난 지 두 시간 만에 세상을 떠난 언니에게 내 삶을 잠시 빌려주려 했던, 무엇으로도 결코 파괴될 수 없는 우리 안의 어떤 부분을 들여다보고 싶었던 『흰』과 형식적으로 연결되는 소설이다. (······) 비록 내가 썼으나 독자적인 생명을 지니게 된 나의 책들도 자신들의 운명에 따라 여행을 할 것이다. (······) 태어난 지 두 시간 만에 세상을 떠난 내 언니와, 끝까지 그 아기에게 '죽지 마, 죽지 마라 제발'이라고 말했던 내 젊은 어머니도."

조만간 세상에 공개될 신작이 "『흰』과 형식적으로 연결되는 소설"이라는 데 반가움이 드는 한편, 전술한 바 『흰』이 그녀에게 갖는 의미를 참조하면 당연한 귀결이라는 생각도 든다. 말할 수 없는 자에게 자기 몸을 내어주어 대신 말하게 하고, 그렇게 "내 삶을 잠시 빌려주려 했던, 무엇으로도 결코 파괴될 수 없는 우리 안의 어떤 부분을 들여다보고 싶었던" 마음이야말로 한강 문학의 현재적 원형이기에 그러하다. 물론 작가는 "지금까지 쓴 책들을 뒤로 하고 앞으로 더 나아갈 것이다. 어느 사이 모퉁이를 돌아 더 이상 과거의 책들이 보이지 않을 만큼, 삶이 허락하는 한 가장 멀리."라는 포부를 밝혔다. 그렇지만 아무리 앞으로 더 멀리 나아가더라도,『흰』의 주제를 변주하거나 심화할지언정 그녀가 이반하는 일은 없을 것이다. 이것은 작가가 궁구하는 질문들과 긴밀하게 얽혀 있기 때문이다.「빛과 실」에서 밝힌 바 그녀는 세 가지 물음 ① *"현재가 과거를 도울 수 있는가? 산 자가 죽은 자를 구할 수 있는가?"*, ② *"과거가 현재를 도울 수 있는가? 죽은 자가 산 자를 구할 수 있는가?"*, ③ *"세계는 왜 이토록 폭력적이고 고통스러운가? 동시에 세계는 어떻게 이렇게 아름다운가?"*를 반복하여 탐색해왔다.

작가의 소설은 그녀가 매 순간 있는 힘껏 써 내려간, 이에 대한 문학적 사유이다. ①~③의 질의응답이 모두 『흰』에 들어 있다. 질문 ①과 관련된 응답은 지금까지 해명한 대로, 망자이자 망각될 위험에 처한 언니를 지금 여기로 불러 "내 삶을 잠시 빌려주려" 한 것으로 갈음된다. 그렇다면 질문 ②와 관련된 응답은 어떨까. 그녀는『소년이 온다』를 기점으로 질문 ①을 뒤집어야 한다고 직감했고, 작품을 쓰는 동안 "실제로 과거가 현재를 돕고 있다고, 죽은 자들이 산 자를 구하고 있다고 느낀 순간들이 있었다."라고 회상한다. 『흰』도 다르지 않다. "당신은 귀한 사람이라고. 당신의 잠은 깨끗하고 당신이 살아 있다는 건 부끄러운 일이 아니라고. 잠과 생시 사이에서 바스락거리는 순면의 침대보에 맨살이 닿을 때 그녀는 그렇게 이상한 위로를 받는다."(2장 「레이스 커튼」)

이것은 "새로 빨아 바싹 말린 흰 베갯잇과 이불보"와 같은 특정 대상에게서 받는 위안, 소위 '소확행(작고 확실한 행복)'으로만 수렴되지 않는다. 살아 있는 인간이 아닌 무언가가 "더럽혀지지 않는 어떤 흰 것이 우리 안에 어른어른 너울거리고 있"음을 자꾸 일깨우는 것이다. 그로 인해 그녀는 스스로 "귀한 사람"임을 되새길 수 있다. 그것은 열 살 무렵 그녀가 각설탕을 처음 접했던 기억과도 접합된다. "흰 종이에 싸인 정육면체의 형상은 완벽할 만큼 반듯해, 마치 그녀에게 과분한 무엇처럼 느껴졌다. (……) 이따금 각설탕이 쌓여 있는 접시를 보면 귀한 무엇인가를 마주친 것 같은 기분이 된다. 어떤 기억들은 시간으로 인해 훼손되지 않는다. 고통도 마찬가지다. 그게 모든 걸 물들이고 망가뜨린다는 말은 사실이 아니다."(2

장「각설탕」) 이미 흘러가 버린 과거는 박제된 정물처럼 굳어졌다고 생각하는 경우가 많지만, 이 글은 결코 그렇지 않음을 설파한다. 그것은 보이지 않는 형태, 곧 기억으로 남아 불시에 현재로 나타난다.

"어떤 기억들은 시간으로 인해 훼손되지 않는다." 이러한 단언은 『소년이 온다』를 집필하면서 겪은 작가의 경험적 진실에 근거하리라. 그러나 개인적 성찰만은 아니다. 세월이 지나도 손상될 수 없는 "어떤 기억들"은 누구에게나 있기 때문이다. 그것은 삶과 죽음이 공존하는 '흰'이 그러하듯, 5·18 광주가 예증하듯, 숭고와 아픔이 교차하는 장에 출몰한다. 이처럼 이 책이 소환하는 과거는 양가적 속성을 띤다. 그러기에 그녀는 확고하게 진술할 수 있는 것이다. 고통이 "모든 걸 물들이고 망가뜨린다는 말은 사실이 아니다." 고통을 고통스럽게 감싸 안음으로써 역설적으로 지금, 이 순간이 더 나아지는 계기를 마련할 수 있다.

더불어 한강은 과거와 현재 및 죽은 자와 산 자를 잇는 방식을 통해, 질문 ②에 대한 또 다른 답변을 하나 더

한다."당신의 눈으로 바라볼 때 나는 다르게 보았다. 당신의 몸으로 걸을 때 나는 다르게 걸었다. 나는 당신에게 깨끗한 걸 보여주고 싶었다. 잔혹함, 슬픔, 절망, 더러움, 고통보다 먼저, 당신에게만은 깨끗한 것을 먼저. 그러나 뜻대로 잘되지 않았다. 종종 캄캄하고 깊은 거울 속에서 형상을 찾듯 당신의 눈을 들여다봤다."(2장 「당신의 눈」) 과연 이것이 언니에 대한 진혼이기만 했을까. "뜻대로 잘되지 않았"다 하더라도, "당신의 눈"으로 보고 "당신의 몸"으로 걸으며 나는 다른 감각에 휩싸인다. 과거는 현재에 영향을 끼치고, 죽은 자는 산 자를 각성시킨다. 그러므로 *"과거가 현재를 도울 수 있는가? 죽은 자가 산 자를 구할 수 있는가?"* 하는 물음에 대한 다음과 같은 결심은 (언니이면서 나인) 그녀가 고심 끝에 도달한 답안, 혹은 사명으로 보인다. "거짓말을 그만둘 것. (눈을 뜨고) 장막을 걷을 것. 기억할 모든 죽음과 넋들에게—자신의 것을 포함해—초를 밝힐 것."(2장 「넋」)

이로써 논의는 질문 ③ *"세계는 왜 이토록 폭력적이고 고통스러운가? 동시에 세계는 어떻게 이렇게 아름*

다운가?"로 넘어간다.『흰』에서 주목할 점 중 하나는 언니를 향한 애도—딸의 죽음을 받아들여야 했던 어린 부모를 위로하면서도, 협의의 가족사에만 주제를 국한하지 않는다는 데 있다. 작가는 본인이 바르샤바에 와 있음을 끊임없이 상기한다. 바르샤바가 어떤 곳인가. 제2차 세계대전 발발과 나치의 철저한 파괴 공작으로 인해 폐허가 되었다 힘들게 재건된 도시이다. 그녀는 기념관에서 1945년 미군 항공기가 찍은 바르샤바의 영상을 본다. "처음 영상이 시작되었을 때, 높은 곳에서 내려다본 도시는 마치 눈이 쌓인 것처럼 보였다. 희끗한 눈이나 얼음 위에 약간씩 그을음이 내려앉아 얼룩덜룩 더럽혀진 것 같았다. 비행기가 고도를 낮추며 도시의 모습이 가까워졌다. 눈에 덮인 것도, 얼음 위에 그을음이 내려앉은 것도 아니었다. 모든 건물이 무너지고 부서져 있었다. 돌로 된 잔해들의 흰빛 위로, 검게 불에 탄 흔적이 눈 닿는 데까지 끝없이 이어져 있었다."(1장「흰 도시」)

바르샤바는 거대한 죽음이 드리웠던 곳이다. 실은 거대한 죽음이라고 단수로 표현해서는 안 될 것이다. 가령

5만 명의 희생자가 발생했다고 한다면 어떨까. 이것은 5만 명이 사망한 하나의 사건이 아니라, 한 사람의 목숨이 끊어진 그 자체로 고유한 5만 개의 사건이 일어났다고 판단해야 한다. 그리하여 이곳은 맑고 투명한 하얀 도시가 아니라, 얼룩덜룩한 '흰 도시'로 작가에게 인식될 수밖에 없다. 그러한 면에서 언니가 이상적인 휴양지가 아닌, "이상하리만큼 친숙한, 자신의 삶과 죽음을 닮은 도시"로 오게 된 것은 필연적이다. 「흰 도시」의 뒷부분에 기술되어 있다. "이 도시와 같은 운명을 가진 어떤 사람. 한차례 죽었거나 파괴되었던 사람. 그을린 잔해들 위에 끈덕지게 스스로를 복원한 사람." 이를 통해 『흰』은 역사와 개인, 어느 쪽도 소외시키지 않고 양자를 함께 들여다본다. 이 책은 『소년이 온다』와 『작별하지 않는다』 사이에 놓인 이질적인 소품이 아니라 연동하는 텍스트다.

그것은 변증법─정반합의 운동성으로 반영된다. 『흰』의 3장 구조는 '1장─나'(정)의 생활에서 출발해 '2장─그녀'(반)의 자취를 경유한 뒤, '3장─모든 흰'(합)으로 귀착한다. 인칭으로 보면 1장은 일인칭, 2장에서는 삼인칭, 3장은 다시 일인칭이 쓰인다. 주의할 점은 3장의 일인칭은 1장과는 다른 '나'라는 데 있다. 1장이 언니와 공명하기 이전의 나라면, 3장은 언니와 공명한 이후의 나이다. 표면적으로는 똑같은 일인칭이라고 해도, 공명 과정의 유무에 따라 이면적 성질은 사뭇 다를 수밖에 없다. 그래서 이 책의 마지막에 배치된 「모든 흰」의 구절은 합으로서의 의미심장한 메시지를 전한다. "당신의 눈으로 흰 배춧속 가장 깊고 환한 곳, 가장 귀하게 숨겨진 어린 잎사귀를 볼 것이다. 낮에 뜬 반달의 서늘함을 볼 것이다. 언젠가 빙하를 볼 것이다. 각진 굴곡마다 푸르스름한 그늘이 진 거대한 얼음을, 생명이었던 적이 없어 더 신성한 생명처럼 느껴지는 그것을 올려다볼 것이다. 자작나무숲의 침묵 속에서 당신을 볼 것이다. 겨울 해가 드는 창의 정적 속에서 볼 것이다. 비스듬히 천장에 비춰진 광선을 따라 흔들리는, 빛나는 먼지 분말들 속에서 볼 것이다. 그 흰, 모든 흰 것들 속에서 당신이 마지막으로 내쉰 숨을 들이마실 것이다."(3장 「모든 흰」)

"—것이다."라는 미래형—의지형 서술어를 눈여겨봐

야 한다. 지나온 페이지까지는 작가가 과거와 현재 시제를 써왔으니까. 이는 그녀의 커다란 변화를 입증하는 대목이다. 작품 맨 앞에 작성한 흰 것의 목록 "강보, 배내옷, 소금, 눈, 얼음, 달, 쌀, 파도, 백목련, 흰 새, 하얗게 웃다, 백지, 흰 개, 백발, 수의"는 물론, 거기에 속하지 않았던 것들에 대해서도 '흰'을 적시하기 때문이다. 그것을 1장—2장과 마찬가지로, 나의 눈과 "당신의 눈"으로 보겠다는 선언도 범상하지 않다. 하지만 그보다 놀라운 것은 "그 흰, 모든 흰 것들 속에서 당신이 마지막으로 내쉰 숨을 들이마실 것이다."라는 문장이다. 고통스러우면서도 아름다운 세계에 잔존하는 당신의 삶을 내가 고이 받아 이어가겠다는 결연한 입장은, 연약한 것을 조명하는 이 책 자체가 결코 연약하지 않다는 점을 명징하게 피력한다.

이러한 점에서 『흰』은 작가와 제일 닮아 있는 작품이다. 그녀는 조곤조곤 말하고 세밀하게 쓴다. 그렇지만 꼭 말해야 할 것을 말하지 못하거나, 집요하게 붙들어야 하는 사안을 지레 포기하지 않는다. 작가는 조용한 목소리로 그러나 단호하게 자기 의사를 밝히고, 끙끙 앓으며 위태로움에 사로잡힐지언정, "아직 살아보지 않은 시간 속으로, 쓰지 않은 책 속으로 무모하게 걸어 들어 간다." 마지못해 용기를 낸다기보다는, 도저히 거부할 수 없는 당위로서의 사랑을 그녀는 실천하는 것이다. 「빛과 실」에서도 쓰고 있다. "첫 소설부터 최근의 소설까지, 어쩌면 내 모든 질문들의 가장 깊은 겹은 언제나 사랑을 향하고 있었던 것 아닐까? 그것이 내 삶의 가장 오래고 근원적인 배움이었던 것은 아닐까?" 작가가 여덟 살 때 지은 시 역시 그랬다. "사랑이란 어디 있을까? / 팔딱팔딱 뛰는 나의 가슴 속에 있지. // 사랑이란 무얼까? / 우리의 가슴과 가슴 사이를 연결해주는 금실이지." 그러니까 이제껏 그녀는 사랑의 편재성과 존재성을 줄곧 묻고 여러 갈래로 답해왔던 셈이다. 『흰』도 그렇다.

4

확장하는 쓰기—행위

지금까지 작가라고 호칭했으나, 그녀는 시집 『서랍에 저녁을 넣어 두었다』(2013, 문학과지성사)를 낸 시인이기도 하다. (소설 등단보다 시인 데뷔가 먼저 이루어졌다.) 한데 본인의 전언을 글로만 발표하지 않고 다채로운 형태로 창작해 왔다는 점에서, 한강은 독특한 입지점을 구축한다. 2007년에는 10곡의 노래를 작사·작곡하고 직접 부른 싱어송라이터로서, 2018년에는 비디오 아트 '작별하지 않는다'를 제작한 미술가로서 그녀는 예술가적 면모를 유감없이 선보였다. 그 외 다양한 작업 가운데

『흰』과 관련하여 살펴볼 퍼포먼스는 2016년 4월에 열렸다. 해당 퍼포먼스의 일부 장면은 이 책 개정판에 수록되었다. 맨 뒤에 실린 일러두기에는 다음과 같이 쓰여 있다. "표지와 본문 이미지들은 2016년 4월 17일 서울에서 언니─아기를 위해 했던 퍼포먼스들 중 〈배내옷〉과 〈밀봉〉의 장면들이다. 흰 가제 수건으로 그녀의 옷을 짓고, 그녀에게 쓴 말들을 흰 깃털들로 덮었다."

이 외에도 목탄을 발가락 사이에 끼우고 흰 종이 위를 아슬아슬 걷고(〈걸음〉), 돌을 손 위에 올려놓은 채 가만가만 씻고, 소금을 옆에 두고 얼음이 녹는 것을 조용히 지켜보는 등(〈돌. 소금. 얼음〉)의 퍼포먼스를 기획하고 진행했다. (관련 사진은 작가의 공식 홈페이지 https://han-kang.net 에서 볼 수 있다.) 그녀는 이에 대해 "'흰'을 가로지르려면 말의 죽음을 통과해야 할 거라고, 언어도 아니고 침묵도 아닌 것. 그것들 사이에, 아니면 그 언저리에, 어둑한 밑면에 고이거나 흔들리거나 부스러지는 것"에 관한 표현이라고 설명한 적이 있다. 말의 죽음을 통과해야 한다는 코멘트가 인상적이다. 이는 언어를 가장 면밀하게 다루는 시인—작가가 한 말이기에 더 큰 울림이 있다. 언어라는 기호를 구성하는 기표와 기의의 결합이란 얼마나 제멋대로이면서 빈약한가. 그런데도 미진한 언어를 사용하여 무언가를 써 내려갈 수밖에 없는, 빤히 실패가 예정된 그 길을 걸어 나가야 하는 것은 모든 시인—작가의 숙명이다.

당연히 그것은 그것대로의 가치가 있다. 불완전해도 글쓰기가 진의≒진실≒진리와 조우할 가능성이 있으므로, 한강은 시인—작가를 자처해 왔다. 하지만 글쓰기는 거기에 가닿을 수 있는 유일한 방법이 아니다. 그녀는 몸(신체)의 잠재력을 간과하지 않는다. 「빛과 실」에서 자세히 기술한다. "소설을 쓸 때 나는 신체를 사용한다. 보고 듣고 냄새 맡고 맛보고 부드러움과 온기와 차가움과 통증을 느끼는, 심장이 뛰고 갈증과 허기를 느끼고 걷고 달리고 바람과 눈비를 맞고 손을 맞잡는 모든 감각의 세부들을 사용한다. 필멸하는 존재로서 따뜻한 피가 흐르는 몸을 가진 내가 느끼는 그 생생한 감각들을 전류처럼 문장들에 불어넣으려 하고, 그 전류가 읽는 사람들에게 전달되는 것을 느낄 때면 놀라고 감동한다." 여기에서 알수 있듯 한강의 글과 몸은 분리되지 않는다.

나아가 그녀는 시인 김수영이 개진한 바 있는 온몸으로 동시에 밀고 나가는 시 쓰기, 이른바 '온몸의 시론'을 더욱 폭넓게 전유한다. 한강에게 쓰기와 (예술) 행위는 동질적이고 상호 보완적이다. 그녀가 수행하는 퍼포먼스는 시인―작가의 일탈이 아니라 언어의 극한을 횡단하는, 확장된 범위의 쓰기인 것이다. 한강의 말처럼 "언어도 아니고 침묵도 아닌 것. 그것들 사이에, 아니면 그 언저리에, 어둑한 밑면에 고이거나 흔들리거나 부스러지는 것"에 '흰'이 내재한다면, 이를 포착하는 데에는 글로 쓰는 것 외에 몸의 행위가 동반되지 않을 수 없다. 작가의 말에도 적어두었다. 죽은 언니인 "그녀에게 더운 피가 흐르는 몸을 주고 싶었기 때문에, 우리가 따뜻한 몸을 지니고 살아간다는 사실을 매 순간 어루만져야만 했다―어루만질 수밖에 없었다―." 그러므로 『흰』은 통상적 의미의 읽는 작품에 그치지 않는다. "더운 피"가 흐르는 "따뜻한 몸"으로 정반대의 언저리까지 실감해야 한다.

작별하지 않는다

종결하지 않는 기억과 약속

·

강경희

『작별하지 않는다』(2021, 문학동네)

눈 쌓인 제주의 운동장, 열세 살 아이와 열일곱 살 소녀가 가족을 찾고 있다. 수백 명의 시체가 뒤엉켜있는 운동장에서 아버지와 어머니, 오빠와 여덟 살 여동생의 시신을 찾고 있다. *"죽으면 사람이 몸이 차가워진다는 걸. 맨뺨에 눈이 쌓이고 피 어린 살얼음이 낀다는 걸."* 그날, 아이들은 보았다.

『작별하지 않는다』는 가족의 이야기다. 여린 소녀들의 이야기다. 70여 년, 매일 악몽에 시달려도 결코 작별할 수 없었던, 아니, 작별하지 않겠다는 그녀와 우리들의 이야기다. 제주 4·3은 끝나지 않았다. 만주에서 베트남으로, 시대와 역사를 가로질러, 삶과 죽음을 관통해서 금실처럼 이어지고 있다.

여린 생명을 보듬는 팔딱팔딱 뛰는 가슴이 있다면, 앓는 자들을 향한 사랑의 불꽃이 있다면, 당신은 이 소설을 절대 놓지 못할 것이다. 위대한 작가 한강의 『작별하지 않는다』는 타인의 사건이 아닌 우리 자신의 이야기로 되살아날 것이다.

1

질문과 견딤

2024년 12월 7일 스웨덴 한림원에서 한강은 노벨문학상 수상 강연Noble Lecture을 했다. 특유의 나직하고 차분한 목소리로 「빛과 실」이라는 제목의 A4 8장의 글을 천천히 읽어 내려갔다. 그날의 강연에서 한강은 30여 년간 '쓰는 사람'으로 살아온 자신의 질문과 고민과 응답을 농축해 풀어냈다. '자기 고백'의 서사가 마치 한 편의 소설처럼 전달될 때, 한강에게 삶과 문학이 얼마나 강인하게 결속하고 있는지 많은 이가 실감했을 것이다.

한강의 소설에서 작가 개인의 경험과 흔적을 발견하

는 일은 그리 어렵지 않다. 이미 여러 인터뷰와 글에서 한강은 자신의 체험이 작품에 접목되고, 소설의 문장으로 녹여졌음을 말해 왔다. 그런 점에서 작가의 경험을 소설에 대입하고 유추하는 일은 한강의 문학을 좀 더 풍성하게 이해하는 데 도움을 준다.

때로 존재의 불안과 위기는 인간을 질문 앞에 세운다. 질문은 그 해명을 위해 다시 시간과 마주하는 견딤을 요구한다. "하나의 장편소설을 쓸 때마다 나는 질문들을 견디며 그 안에 산다. 그 질문들의 끝에 다다를 때-대답을 찾아낼 때가 아니라- 그 소설을 완성하게 된다." 이 말이 함의하듯 작가 한강은 인생의 "절실한 질문들" "고통스러운 질문들"을 화두처럼 껴안고 살아간다. 그리고 "소설을 쓰는 과정에서 느낀 고통"의 질문들이 살아있는 감각의 문장으로 변환될 때야 비로소 그의 소설은 완성된다. 만약 한강의 글에서 고행의 감성을 느꼈다면, 이는 그가 고통의 문법을 온몸으로 받아적는 수행자에 가깝기 때문이다. 몸이 곧 자기 기록의 증거임을 한강처럼 명증하게 보여주는 작가도 드물 것이다.

2021년 출간된『작별하지 않는다』는 제주 4·3을 다룬 장편소설이다. 2014년 6월,『소년이 온다』출간 직후 한강은 "검은 나무들과 밀려오는 바다의 꿈"을 꾸었고, 그 꿈을 기록했다. 그리고 "이것이 다음 소설의 시작"이 될 것이라는 사실을 직감했다. 이후 "그 꿈에서 뻗어나갈 법한 몇 개의 이야기를 앞머리만 썼다 지우기를 반복"하다가, "2017년 12월부터 2년여 동안 제주도에 월세방을 얻어 서울을 오가는 생활"을 하면서 꿈의 실체와 소설의 윤곽이 제주 4·3에서 있음을 알았다. 그렇게 7년의 기간을 거쳐『작별하지 않는다』가 세상에 나왔다.

『작별하지 않는다』는 창작 과정이 작가의 입을 통해 알려졌지만, 이러한 사실을 모른 채 소설을 읽는다 해도 눈치 빠른 독자라면 작가의 현실을 작중 인물의 상황과 서술을 통해 충분히 재구성할 수 있다. 즉 소설의 구체적인 날짜와 정보, 주인공 '경하'의 상황을 통해 작가와 소설의 화자가 같은 인물임을 추적할 수 있다. 이렇듯 일인칭 화자인 소설의 주인공과 작가의 실제 상황이 오버랩될 때, 픽션(허구)의 얼굴에 논픽션의 표정이 어른거리게 된다. 이는 읽는 이로 하여금 자연스럽게 소설의 이야기에서 작가의 그림자를 추적하고 상상하게 만든다. 그리고 역사의 증언과 기록을 작가가 어떻게 자신의 이야기로 환원시키는지 그 궁금증을 증폭시킨다.

2014년에서 2021년을 보내며 한강은 70년여 전의 제주 4·3의 시간적 간극과 공간적 단절감을 어떻게 소설의 형식으로 풀어낼지 고민했을 것이다. 한강의 선택은 화자로 등장하는 나(경하)의 입을 통해 작가 자신이 직접 소설 안으로 뛰어 들어가서 과거와 대면하는 방식을 취한다. 이는 증언하는 사건의 당사자가 과거에 머물지 않고, 작가와 독자의 현실로 호출된다는 점에서 살아있는 역사로 재 감각될 수 있다. 한강이 통과한 7년의 '질문과 견딤'은 이렇듯 타자의 이야기를 자기 고통의 서사로 내재화하는 인내의 과정이다.

——— 2 ———
고통의 여로

5·18 광주를 다룬『소년이 온다』와 제주 4·3 이야기
인『작별하지 않는다』는 모두 국가 폭력이 자행한 집단
학살과 역사의 트라우마를 담았다. 이 두 작품은 비극적
역사를 초점화한다는 점에서 그 내용과 주제의 유사성
을 비교할 수 있을 것이다. 그런데 주목할 점은 두 소설
이 이야기를 풀어가는 시점과 형식, 구성과 방법이 사뭇
다르다는 것이다.『소년이 온다』가 1980년 5·18의 피비
린내 나는 죽음의 현장에서 시작한다면,『작별하지 않는
다』는 2014년을 소설의 출발점으로 삼는다. 그리고 이

야기의 절반에 가까운 1부가 끝날 때까지, 1948년 4·3의 학살 현장은 본격적으로 등장하지 않는다. 즉『소년이 온다』가 참상의 한복판에서 이야기를 펼치는 정공법의 방식을 선택했다면,『작별하지 않는다』는 제주 4·3의 심층부에 닿기까지 주인공 경하의 여정에 상당 부분을 할애한다.

이처럼 한강은 4·3 사건의 전모를 명확하게 드러내기까지 여러 경로를 통해 고통스러운 사건의 단초들을 간헐적이고 파편적으로 제시한다. 이는 역사의 진실에 이르는 여정과 경로의 중요성을 부각시킴으로써 4·3을 체험하지 않는 세대의 단절감을 극복하는 역할을 한다. 사건으로 직격하지 않는 우회와 여로旅路의 방식은『작별하지 않는다』를 이해하는 중요한 지점이다. 알려진 바대로 한강은 "열두 살에 그 사진첩"을 통해 5·18의 참혹과 공포가 자신과 멀지 않은 지척의 고통임을 체감했을 것이다. 반면 해방 정국과 6.25 전쟁 세대가 경험한 4·3은 고통의 반경이 멀 수밖에 없다. 즉 작가가 1970년생이라는 점을 감안하면 4·3의 이야기는 자기 세대로부터 동떨어진 역사에 가깝다. 따라서 주인공들의 고통의 여정은 역사의 상흔을 쫓고 진실을 찾으려는 복원의 서사이기도 하다.

『작별하지 않는다』는 주인공 경하의 개인적 사건과 내밀한 고통의 문제가 친구 인선의 사고와 고통의 문제로 이어지고, 다시 인선의 새 '아마'를 구하기 위한 제주행으로 연결된다. 이는 나의 고통으로 인해 타인의 고통에 공감하게 되고, 결국 시대와 역사의 비극에 감응하는 주체가 될 수 있음을 보여준다. 곧 한강 개인의 현실이 소설의 이야기에 이입되고 융합되는 방식은 고통의 뿌리까지 감각하려는 작가의 실존적 고투를 반영한다.

주인공 경하가 목격한 제주의 참상은 인물로는 인선과 인선의 어머니 정심과 아버지에게 닿고, 공간으로는 제주와 부산, 목포와 경산에 이르며, 사건으로는 만주의 항일투쟁과 베트남 전쟁으로 연결된다. 인선이 만든 3편의 다큐멘터리(삼면화)는 근현대사를 관통하는 폭력과 광기가 지역과 인종에 갇히지 않는 인류의 비극임을 폭로하는 일이다. 따라서 경하의 고통의 여로는 공포와 폭력에 희생된 선량한 사람들의 몸과 영혼을 우리가 어떻게 애도하고 추모할 것인가의 문제를 남긴다.

역사의 고통을 묵상하고 애도하는 행위를 작가는 몸의 고통에 가담하는 일을 통해서만 가능하다고 말하는 듯하다. 처절한 고통의 함몰로 자신을 밀고 가면서 목격하는 제주의 중산간 마을, 경산의 지하 광산에서 재현되는 학살의 현장은 너무나 잔혹하고 끔찍해서 읽기를 주춤하게 만든다. 과연 타인의 고통을 우리는 어떻게 이해할 수 있는가? 타인의 아픔을 느끼고 반응하는 방법은 무엇일까? 속절없이 자기 목숨을 희생당한 자들, 죽어간 자들, 잃어버린 가족을 평생 찾지 못한 채 살아야만 하는 정심과 같은 유가족의 고통은 어떻게 해결될 수 있을까? 한강은 오직 고통의 길만이 아픔과 눈물에 공감할 수 있는 유일한 애도 방식이라고 말한다. 작가의 사랑이 고통으로만 고통에 공감할 수 있다는 점에서 이 소설은 과거에 대한 반성과 성찰이 관념이 아닌 행위라는 점을 명확히 한다. 이 때문에 한강이 선택한 고통의 여정은 자기 투신이기도 하다.

3

차가운 각성과 절망

한강의 소설은 정밀하다. 정밀은 정교하고 치밀하고 자세하다는 뜻이다. 아주 작은 것도 고려하고 계산한다는 것이다. 『작별하지 않는다』는 총 3부 13개 단락으로 구성되어 있는데, 단락마다 자기 완결성integration을 갖추고 있다. 적절한 비유가 될지 모르겠지만, 마치 입방체의 큐브cube 열세 개가 맞물리면서 커다란 하나의 큐브(소설 전체)로 결합하고 연결되는 형식이다. 각 큐브에는 서술자가 설계해 놓은 시간과 공간이 설정되어 있다. 즉 주인공(나) 개인의 경험과 타자의 경험, 그리고 역사적 사건과 시공간이 왕래하고 맞물린다.

소설의 1부 1장 '결정結晶'은 12개의 시퀀스sequence로 구성되어 있으며, 꿈과 현실, 현재와 과거를 오가는 구조이다. 한강의 소설에 등장하는 꿈을 현실의 밖에 놓인 '환상illusion'처럼 취급하기도 하지만 한강의 꿈은 현실의 일부, 혹은 가시적 현실보다 더 본질적인 현실을 확인시켜준다. 따라서 1장의 구성을 나열해 보는 일은 소설 전체를 가늠할 수 있는 중요한 지점이다. 화자의 직접적 현실과 유기적으로 연결된 꿈의 현실은 모두 '몸의 직접적 감각'으로 연결되고 수렴된다.

흥미로운 점은 한강이 직조한 큐브(플롯 plot)가 확연하고 분명하게 인식되지 않는다는 점이다. 이는 지극히 의식적인 작법인데, 독자가 빠르고 쉽게 자신의 소설을 읽어갈 수 없게 만드는 일종의 지연 방식이다. 독자를 곤혹스럽게 하겠다는 의도라기보다는 정지와 복귀, 다시 읽기와 재현을 통해 독자를 적극적으로 참여시키겠다는 전략이다. 즉 한강의 작법은 문장 기술이 어떻게 소설의 주제를 풍부하게 심화시킬 수 있는지를 보여준다는 점에서 형식과 내용이 균형미를 보여준다.

　가령 1부 새 1 결정結晶 의 첫 문장을 살펴보자. "성근 눈이 내리고 있었다."로 시작되는 첫 문장은 "나무들 위로 부스러지는 흰 결정이 보일 때까지"로 끝난다. 1장의 시작과 끝은 "성근 눈"과 "흰 결정"으로 연결된다. 둘은 비슷하고 또 다르다. 작가는 요청한다. 저는 눈雪 이야기로 시작한다고. 이 눈은 소설 전체를 이끌고 갈 중요한 매개라고. 이 눈의 이미지는 소설에서 여러 번 등장하고 반복된다. 때로는 같은 이미지로, 때로는 아주 다른 사물(생명)로, 때로는 파악되지 않는 빈 것(무형)의 모습으로 변화된다.

　『작별하지 않는다』 1부 1장은 이 소설 전체를 떠받치는 밑그림이라 할 수 있다. 화자는 '검은 나무들과 무덤들, 밀려오는 바다로 쓸려가는 묻힌 뼈들'을 보며 불안해한다. 그리고 자신이 무엇을 해야 하는지 결정하지 못하고 고민한다. 급박한 상황과 해결의 요구 사이에서 옥죄고 짓눌리는 악몽이다. 나쁜 꿈은 잊고 싶은 꿈일 텐데, '나'는 그 꿈의 정체를 끊임없이 재생한다. "보이지 않는 거대한 칼이—사람의 힘으로 들어올릴 수도 없을 무거운 쇳날이—허공에 떠서 내 몸을 겨누고 있는 것" 같은 고통의 시간을 반복하면서도 주인공 경하는 고통의 정체를 찾고 해결하려 한다. 사적인 작별로 인해 삶의 이유와 기대를 잃은 경하는 사고로 손가락이 잘린 친구 인선의 호출을 받고 제주를 향하며, 끝내는 고통의 진원지에 거주하는 인선의 어머니인 정심의 트라우마를 느낀다. 경하, 인선, 정심, 이 세 여성은 고통의 서사로 감각되는 필연의 서사로 묶인 존재이다.

한강은 이 소설을 일컬어 "친구인 경하와 인선이 촛불을 넘겼다가 다시 건네받듯 함께 끌고 가는 소설이지만, 그들과 연결되어 있는 진짜 주인공은 인선의 어머니인 정심"이라 말한다. 그리고 "학살에서 살아남은 뒤, 사랑하는 사람의 뼈 한 조각이라도 찾아내 장례를 치르고자 싸워온 사람. 애도를 종결하지 않는 사람. 고통을 품고 망각에 맞서는 사람. 작별하지 않는 사람. 평생에 걸쳐 고통과 사랑이 같은 밀도와 온도로 끓고 있던 그녀의 삶을 들여다보며" 인간의 한계와 사랑이 과연 무엇인지에 대해 근원적인 질문을 던진다.

꿈의 목격(봄)은 '생각하기'의 시작점이다. 1장에서 수없이 반복되는 "나는 생각했다"는 꿈의 정체와 문제점을 어떻게 해서든지 해결해야 한다는 "차가운 각성"이기도 하다. 그렇다면 왜 자신이 그 꿈의 문제를 해결해야 한다고 여길까? 어쩌면 내가 본 것, 느낀 것, 그래서 생각하게 된 것, 그 때문에 외면할 수 없게 된 것에 대한 일종의 의무감과 책임감이다.

화자는 "처음 그 꿈을 꾸었던 밤과 그 여름 새벽 사이의 사 년 동안"을 "칼날 위를 전진하는 달팽이"처럼 "사적인 작별"과 죽음을 불러오는 시간으로 인식한다. "유서"는 이러한 죽음의 시간을 반복적으로 생각할 수밖에 없는 개인의 비극을 상징한다. 그런데 "내 몸을 일으킨 것은 바로 그 미지의 수신인에 대한 책임감" 때문이라고 말한다. 책임감은 마음의 일이자 몸의 일이다. 그래서 "내 몸을 일으킨" 행위로 이어진다. 꿈에 관해서 화자는 어떤 책임을 지려고 할까? "바로 지금. 하지만 어떻게? 아무도 없는데." "이 많은 무덤들을 다 어떻게." "하지만 어떻게?

그걸 우리가 어떻게."처럼 계속해서 방법을 찾는다. 도무지 방법이 없을 것 같은 난감한 상황에서도 화자는 문제에 관여하려는 길을 찾는다. 그리고 "그 벌판으로부터 도망치지 않는 채 나는 생각했다." "단지 그것밖에 길이 없으니까. 그러니까/ 계속하길 원한다면. /삶을" 화자(작가)가 찾은 길은 개인의 선택과 결심과 의지의 차원일까, 아니면 이미 주어진 존재의 숙명과 부름에 가까울까.

4

흰 눈의 아름다움과 공포

'눈'과 '결정'이라는 단어는 이 소설의 중요한 요소이다. 눈의 의미를 어떻게 읽어내느냐에 따라 소설을 다층적으로 해석할 수 있기 때문이다. 한강의 소설은 줄기차게 인간의 '몸'(신체)에 집중하는데, 몸이란 지극히 개별적이고, 또 모두에게 공통적인 것이다. 개별적 고통은 타자가 절대 나의 신체의 고통에 동참할 수 없다는 점에서 지극히 개인적이지만, 모두가 몸을 갖고 있다는 점에서는, 각자의 고통이 모두로 연결될 수도 있다. 그래서 '눈'의 상징이, 산 자이든 죽은 자이든 '몸'으로 해석된다면,

"각자의 고통을 통한 길"을 우리가 왜 감각하고 생각해야 하는지 작가가 대답해 주지 않을까 싶다.

소설에서 '눈'은 인물과 인물의 서사를 잇고, 상황과 상황을 연결하는 매개이다. 눈의 반복과 순환은 현재와 과거가 연결되고, 이곳과 저곳이 만나며, 나와 타자의 고통이 하나일 수 있음을 느끼게 한다. 하지만 보편적이고 편재적인 눈은 개인의 사건과 만나면 특수한 것으로 변모한다. 경하와 인선이 국숫집에서 보고 맞았던 눈, 폭설의 제주와 P읍 건천에 누워 경험한 죽음 같았던 눈, 시체의 얼굴에 쌓인 눈은 녹지 않는다는 사실을 알게 된 어린 정심이 보았던 눈까지. 희고 아름답고 황홀한 눈은 비극과 참혹과 죽음일 수 있음을 환기한다.

한강이 주시하는 '눈'의 이미지는 양가적이다. 아름다움과 고통, 용서와 화해의 몸짓일 수도 있으며, 고통받는 자를 기억하는 차가운 응시일 수 있다. 세상의 고통과 악을 목격한 눈이 증인이라면, 수많은 새의 깃털처럼 찬란하게 내리는 눈은 고통을 초월해 있는 속절없는 아름다움을 상징한다. 한강의 흰 눈은 이 길항하는 간극에 놓인 비극적 존재의 처소를 보여준다. 눈은 어디에도 내린다. 어디에도 쌓인다. 도시와 산간, 산 자와 죽은 자, 과거와 현실, 비극과 환희의 모든 공간을 눈은 잠식한다. 작가는 이 동시적이며 양립하지 않을 거 같은 불가항력적 간극을 어떻게 이해해야 할지 부단히 묻는다. 싸늘한 주검 위에 쌓인 눈은 녹지 않는다. 체온을 잃은 핏기가 없는 자들에게 눈은 과연 아름다운 하늘의 선물인가. "죽는다는 건 차가워지는 것. 얼굴에 쌓인 눈이 녹지 않는 것." "죽인다는 것은 차갑게 만드는 것." "생명은 살고자 한다. 생명은 따뜻하다." 한강이 이 소설을 쓰면서 계속해서 떠올렸다는 문장은 자연의 아름다움이 인간의 폭력에 닿을 때 어떻게 달라질 수 있는가를 묻는 말이기도 하다. "역사 속에서의 인간과 우주 속에서의 인간"이 누구인지를 묻는 존재론적 물음이다.

5

경하와 인선과 정심

작가는 소설의 인물 창조를 위해 고심을 거듭한다. 그 만큼 인물의 매력은 소설을 견인하는 중요한 요소이다. 인물의 특징은 주로 '대화' '행동' '묘사'를 통해 표현된다. 『작별하지 않는다』의 초반부를 이끄는 주인공은 '경하'이다. 개인적 이별로 인해 자살 충동이 반복되는 처절한 고통의 시간을 보내는 경하는 오랜 친구인 다큐멘터리 작가 '인선'의 호출을 받는다. 제주 공방의 프레스기에 검지와 중지가 절단된 인선은 서울의 병원에서 손가락 봉합수술을 했다. 3분마다 주삿바늘로 자신의 손가락을 찌르는 인선은 이 소설의 주제가 몸의 고통과 무관하지 않음을 상징적으로 보여준다. "봉합 부위에 딱지가 앉으면 안 된대. 계속 피가 흐르고 내가 통증을 느껴야 한대. 안 그러면 잘린 신경 위쪽이 죽어버린다고 했어." 손가락을 살리는 유일한 방법은 통증을 반복적으로 느끼는 것이다. 인선의 잘린 손가락은 소설의 중반을 넘어서며 인선 어머니 '정심'의 고통으로 치환된다. 이 소설의 인물은 후반부에 갈수록, 서로 섞이고, 변하고, 또 사라진다. 독자는 앞선 읽기를 통해 학습된 인물을 열심히 찾으려 하고, 동시에 달라진 상황을 따라가며 현재의 인물을 다시 쫓아간다. 작가 한강은 이러한 모호한 긴장의 독법을 독자에게 부드럽게 요구한다. 이는 이 소설이 향하는 지점을 더 적극적으로 찾게 만드는 작가의 선택이다. 즉 인물을 통해 현재와 과거를 잇고, 사람과 사람을 잇고, 고통과 회복을 잇고, 죽음과 생명을 잇고, 트라우마와 사랑을 잇고자 하는 것이다.

1부의 2장의 인물을 이야기하면서 주목하는 부분은 '관계'이다. "지금 와줄 수 있어?"라는 인선의 다급한 호출에 경하는 어디에도 들리지 않고, 다른 준비물을 챙기는데 시간을 버리지 않고 쏜살같이 병원으로 달려간다. "삼 년 동안 매달 함께 출장을 다녔고 퇴사한 후로도 이십 년을 친구로 지냈으니, 그녀의 습관들에 대해 알 만큼 안다. 이렇게 내 이름만 먼저 부르는 것은 안부 인사가 아니라 구체적이고 급한 용건이다." 경하는 인선에 관해 오랜 경험에 따른 판단을 했다. 그런데 경하의 현재 상태는 어떤가? "여전히 깊이 잠들지 못한다./ 여전히 제대로 먹지 못한다./ 여전히 숨을 짧게 쉰다./ 나를 떠난 사람들이 못 견뎌했던 방식으로 살고 있다, 아직도"라고 고통스러워한다. 하지만 경하는 인선의 호출SOS에 스스로 괜찮아서가 아니라, "모순된 의지로 지난 몇 달을 버텨왔다는 것, 자신의 삶이라는 지옥에서 잠시 빠져나와 친구를 병문안하고 있는 이 순간"처럼 "무섭도록 중요한 일과 중요하지 않은 일이 갑자기 뚜렷하게 구별"되는 현실을 자각하게 된다. 인선의 요구를 외면할 수 없었던 경하의 피할 수 없는 '관계'는 이제 더 깊고 새로운 '사건'으로 경하를 몰고 간다.

1부 3장 '폭설', 경하는 다시 '혼자'이다. 그나마 익숙한 공간 서울로부터 '제주', 그것도 눈보라가 거센 제주에 당도한다. 장소(무대)의 '이동'은 소설(극)의 중요한 전환점을 표식하는 지배소dominant이다. 3장의 장소 이동은 마치 카메라 앵글의 포커스를 순식간에 다른 곳으로 조준하는 것과 비슷한 효과를 낳는다. 그런데 독자는 이러한 이동을 이상하게 여기거나 낯설게 여기지 않는다. 왜냐하면 앞서 제공된 여러 단서fragmen로 인해 자연스러운 흐름으로 이해하게 되기 때문이다. 아마도 한강 작가는 제주의 시작을 어떻게 열지 많이 고심하지 않았을까 싶은데, 놀랍도록 매끄러운 프레임 전환이다. 장소와 장소의 이동이 중요한 까닭은 전경과 후경의 교체와 전환이 소설의 방향을 새롭게 환기해주기 때문이다. 3장은 소설의 본격적 무대가 '제주'임을 알려준다. 즉 후경이었던 제주가 본격적으로 전경화foregrounding되고, 이제 소설이 중심부를 향해 진행한다는 사실을 예상케 한다.

한강의 공간 이동은 '지속' '연결' '흔적'의 방식을 선택한다. 꿈과 현실, 기억과 우정, 이별과 고통의 길목마다 '눈'이 있었고, 이제 이러한 단편적 눈의 이미지는 제주로 이동하면서 '폭설'로 변한다. "흰 깃털을 가진 수만 마리 새들" "숨막히는 밀도의 저 눈보라" "*이상하게 녹지를 않*"는 눈(인선 엄마의 꿈), "*맨 뺨에 눈이 쌓이고 피 어린 살얼음*"(4·3)으로 이어지고, 다시금 경하가 서 있는 P읍의 "도로 어디에도 차량이 다니지 않"는 "움직이는 것은 믿을 수 없이 느리게 떨어지고 있는 함박눈"의 세상으로 연결된다. 이러한 공간의 이동을 정리하면 '서울-제주-기억-꿈-사건-다시 제주'로 이어지는 여정이다.

한강의 제주는 외면과 도피의 장소가 아니라 '나아감'과 '연결'로 심화된다는 점에서, 역사적 자아의 능동적인 작가 정신을 보여준다. 이는 장소로써 '그곳 제주'를 자기 현실로부터 유리시키지 않겠다는 작가의 의지를 반영한다. 한강은 현실의 비극을 알레고리나 관념적 허상으로 만드는 것을 부단히 거부한다. 그런 점에서 한강의 소설은 환상적 리얼리즘에 기대어 있다. 환상적 리얼리즘은 현실에 대한 일종의 태도로써 현실로부터의 도피를 상상하는 세계를 창조하지 않는다. 환상적 리얼리즘은 상상의 존재나 세계를 직조하는데 몰두하지 않고 우리를 둘러싼 현실 세계의 신비스러운 관계에 주목한다.

13살이었던 인선의 어머니, 17살이었던 그의 이모가 겪은 군경들이 가족을 학살한 사건, 시쳇더미 위에서 "*아버지와 어머니, 오빠와 여덟 살 여동생 시신을 찾으러*" 다녔던, 그래서 "*수십 년 전 생시에 보았고 얼마 전 꿈에서 보았던, 녹지 않는 그 눈송이들의 인과관계*"를 경하는 느끼고 보려 한다. 이렇듯 작가는 관찰자의 장소에서 체험자의 장소로 기억을 소환시킨다.

6

가벼움과 어둠 그리고 불꽃

1부의 4장과 5장은 인선의 집을 찾아가는 경하의 여정이다. 이 두 개의 장에서 '무게'와 '어둠의 빛'의 대비에 주목할 수 있다. 지상에 있는 모든 존재는 중력을 거스를 수 없다. 하늘을 나는 '새'도 뼈와 피와 체액의 모든 것을 최소화해도 무게(이십 그램)를 지닌다. 하늘에서 떨어지는 눈도 낙하에 필요한 결속의 무게를 가진다. 이는 중력을 거스를 수 없는 지상을 사는 존재의 숙명이다. 그것이 비록 하늘로부터 내리는 눈이든, 공중을 날 수 있는 새이든 말이다. 그래서 가벼움조차도 결국 초월할 수 없는

'무게'이다. "눈처럼 가볍다고 사람들은 말한다. 그러나 눈에도 무게가 있다. 이 물방울만큼 /새처럼 가볍다고도 말한다. 하지만 그것들에게도 무게가 있다." 무게의 다른 뜻은 '몸'을 가진 존재임을 의미한다. 그래서 한강의 소설에서는 새조차 '자유로운 존재'일 수 없고, 눈조차도 '용서와 평화'의 상징처럼 쉽게 쓰일 수 없다.

한편, 경하가 떨어진 '건천'은 그 어떤 주변과 상황도 식별할 수 없는 '어둠'이라는 점에서 공포의 공간이며, 죽음을 연상하는 암전의 세계이다. 4장이 온통 흰 눈의 세계라면, 5장은 홀로 겪어야 하는 어둠의 세계이다. 특히 "혼곤해 의식 속"에서 "황홀하도록 선명"한 기억을 재생시키고, "죽음 직전에 일어나는 일인지 내가 경험한 모든 것이 결정"되는 순간 "모든 고통과 기쁨, 사무치는 슬픔과 사랑이 서로에게 섞이지 않은 채 고스란히, 동시에 거대한 성운처럼 하나의 덩어리로 빛나고 있다."라는 고백은 거대한 어둠에 갇힌 자의 강렬한 빛의 희구라는 점에서 주제적 문장이라고 할 수 있다.

캄캄한 어둠에서 경하의 몸을 일으키는 것은 무엇일

까? 그것은 생명을 살리고 싶은 의지이다. "하지만 새가 있어."로 표현되는 5장의 어둠과 빛의 대비는 '생명'을 쫓는 구원의 빛처럼 극적이다. "빛의 섬" 같은 인선의 목공방을 향해 "필사적"으로 뛰는 경하, 경하는 인선의 집에서 "불꽃 같은" "활활 가슴에 일어서 얼어 죽지 않은" 생명을 만날 수 있을까.

'새'는 1부의 타이틀이며, 4장의 제목이다. 그만큼 작가가 강조하는 '단어'이다. 새의 의미와 상징에 대해서는 다양한 설명과 해석이 필요하지만, 6장에서는 인선의 부모가 새로 비유되고 있다는 사실도 살펴볼 필요가 있다. 가령 "마치 두 세계를 사는 사람 같았어요. 한 눈으로는 나를 보고 다른 한 눈으론 내 몸 너머 다른 빛을 보는 것 같이"(165쪽: 인선의 아버지, 앞의 아미와 아마에 대한 설명과 겹침), "인선의 어머니가 내 귀에 속삭인다. 내 두 손에 쥐어진 그의 손이 죽은 새처럼 작고 싸늘하다."(171쪽: 인선의 어머니) 차가움(죽음)과 부드러움(생명) 돌(죽음) 솜(생명), 경하가 죽은 새를 묻고 생각하는 장면도 한 번쯤 생각해 볼 문장이다. "차가웠지./아니, 부드러웠지./ 나는 고쳐 중얼거린다./돌같이 단단했지./아니, 솜같이 가벼웠지"

인선은 그 죽음의 이유를 알려주지는 않는다. 다만 새의 죽음은 6장 171쪽 인선의 말을 통해 다시 언급되는데, "끝까지 횃대에 매달려 있다가, 떨어지면 이미 죽은 거야" 즉 목숨이 붙어있는 것은 "매달려" 있는 것이고, "떨어지면" 죽은 것이다. 살아있음과 죽음은 눈 깜짝할 찰나, 곧 순간으로 나뉜다. 이 장면은 163쪽의 "흑백사진 석 장"의 사건과 나란히 교차되고 연결된다고 볼 수 있다. "해송 숲 가운데 흰옷 입은 남자 넷"이 "소나무에 묶여"(삶) 있다가 "과녁을 겨눈 병사들"에 의해 "청년들의 몸이 비틀린"(죽음)의 장면이다. 순식간에 벌어진 살인의 순간. 생명과 죽음이 확인되는 한순간이다.

한편 이미 1부에서 경하가 인선의 그림자를 연필로 그렸고 2부에서는 자꾸 부러지는 샤프펜슬로 여러 겹의 선을 긋는다. 이는 어쩌면 결코 실재가 될 수 없는 피사체의 흔들리는 반영을 통해 여기 없는, 그러나 과거에 분명히 존재했던 생명의 흔적을 찾으려는 필사의 노력이다.

작별하지 않는다

7

99개의 애도, 작별하지 않는 의식

2부는 1부와 달리 '차분한' 느낌이다. 1부는 예상치 못했던, 밀려드는 외부의 사태에 대응하는 경하의 악몽, 개인적 사별, 인선의 요청, 폭설을 뚫고 가는 여정에 반응하는 화자의 혼란을 그린다. 이는 외부적 조건과 내면의 갈등이 섞이면서 따라가고 밀리면서 마치 파고에 몸을 실은 주인공의 심리와 정서에 초점을 둔다.

반면 2부는 '아마'의 죽음으로 사건이 일단락되면서, 새로운 국면이 시작된다. 그것이 현실이든 환상이든 작중의 화자는 침착하게 상황에 반응한다. 즉 자신이 이곳

(제주)에 온 이유를 정확히 인식하려는 마음과 태도를 보여준다. 이러한 2부의 톤의 변화는 소설의 주제의식을 드러내는 중요한 요소이다.

1부와 2부 꿈을 깬 이후 경하의 반응과 행동에 주목해야 한다. 1부에서는 악몽 이후 "꿈이었다는 것을 깨닫고, 차가운 손바닥으로 두 눈을 덮고서 더 누워 있었다."라고 서술한다. 반면, 2부에서는 "어떻게 악몽들이 나를 떠났는지 알 수 없었다....." "장판 바닥을 짚고 나는 일어섰다"처럼 주체의 인식과 행위가 능동적으로 변화되고 있음을 보여준다. 부연하자면 4·3이라는 엄청난 비극적 사건을 스스로 대변하겠다는 담담하고 비장한 인식의 일면이다.

작가 한강은 두 세계에 관한 고민을 우리(독자)에게 같이 하자고 요청하는 것이 아닐까 싶다. 있어서는 안 될 생명의 무참한 죽음, 마땅히 죽지 않고 살아서 생명의 살갗으로 눈을 맞아야 했던 사람들, 그러나 역사의 만행과 비극 앞에서 속절없이 죽어간 사람들을 어떻게 보아야 할지를 묻는다. 어쩌면 그것은 지금 눈앞의 가시적 현실,

저편에 존재하는 진실을 보려는 다른 눈이 있어야 한다고 말하는 것일 수도 있다.

인선은 세 개의 다큐멘터리를 제작했다. 만주의 눈 쌓인 벌판에서 무기를 나르는 일을 하던 앳된 독립군이었던 할머니의 이야기, 베트남의 울창한 밀림에서 한국군에게 학살당한 일을 밝히겠다고 카메라 앞에서 당당히 앉은 할머니의 이야기, 그리고 4·3 사건을 배경으로 부모님과 동생과 오빠를 잃고 두 세계를 오가며 사는 인선의 어머니이다. 이 세 개의 이야기는 청산하지 못한 부끄러운 역사의 수레바퀴처럼 처연한 어둠의 현실을 그리고 있다. 소설의 다큐의 주인공은 여성이다. 그들은 극한의 상황에서 극한의 경험을 감내한 자들이다.

인선은 경하의 '성근 눈이 내리는 벌판을 걷는 꿈'을 실현하고자 제주의 공방에서 자신만의 작업에 몰두한다. 경하의 꿈의 실체가 4·3의 학살과 연관된 공포스러운 이미지였음은 2부의 이야기를 통해 가시화된다. 이데올로기와 사상이 무엇인지도 모르는 청년들에게 과녁옷을 입혀 매달았던 나무는 공포의 상징이다. 처형을 단행했던 나무 기둥은 끔찍한 사물이다. 하지만 꺼져가는 생명이 깃든 검은 나무는 인성의 공방에서 구원을 받는다. 99개의 위령비와도 같은 나무들을 세우겠다는 약속을 인선은 끝내 지키려 하기 때문이다. 그것은 온몸으로 고통을 껴안는 일이기 하다. 마치 바늘로 3분에 한 번씩 자신의 잘린 손가락을 찌르는 고통과 맞먹는 괴로움이기도 하다. 하지만 인선은 이 고통의 작업을 숭고한 예식으로 바꾸어낸다.

한편 『작별하지 않는다』 전편에 흐르는 '소리'는 양가적 특징을 모두 갖고 있다. 우선은 불안과 공포의 감정을 촉발하는 매개로 작용한다. 1부가 끝나는 지점에서부터 '소리'는 이제 곧 음산하고 어두운 공포가 밀려올 것을 예고한다. 가령, "누군가 두드리는 것 같이 현관문이 덜컹거린다." "부서질 듯 문과 창문들이 덜컹거린다. 바람이 아닌지 모른다. 정말 누가 온 건지도 모른다. 집에 있는 사람을 끌어내려고. 찌르고 불태우려고 과녁 옷을 입혀 나무에 묶으려고. 톱날 같은 소매를 휘두르는 저 검은 나무에." 이는 공포의 소리이다.

한강의 소설 2부의 3장 '바람', 4장의 '정적'도 불길한 공포에 집중하게 만든다는 점에서 같은 신호이다. 인선의 집(부모의 과거)을 에워싸는 불길하고 거센 바람 소리나, 소리가 삭제된 정적은 모두 공포의 다른 표현이다. 즉 총소리, 호루라기, 비명, 고함, 화염이 솟구치는 잔혹한 소리와 처형의 현장을 숨죽이며 느끼는 정적의 공기는 모두 폭력의 소리다.

이 소설은 소리의 양가성을 보여준다. 폭력의 시행자는 지배자의 위치에서 소리를 장악한다. 반면 희생자의 소리는 겨우, 간신히, 존재하는 작은 소리이다. '아미'가 외치는 "아니 아니", "숨을 죽여야 들리는 작은 소리다. 물속에서 모래가 끌리는 것 같은 누군가가 손끝으로 쌀알을 흐트러뜨리는 것 같은 소리"는 모두 고통받은 자들의 신음과 생명의 호소이다. 경하와 인선은 이 소리에 반응하는 사람들이다. 마치 찌릿찌릿하게 자신들의 몸에 신호를 보내는 고통의 소리에 반응하듯 말이다.

『작별하지 않는다』의 구조는 크게 두 개의 축으로 이루어져 있다. '횡橫과 종縱'의 시간과 공간이다. 즉 수평과 수직의 시공간으로 구성되어 있다. 한강 작가는 1부에서는 제주를 찾는 횡의 여정을 기본으로 하면서, 여러 산포된 종의 세계를 겹쳐놓았다. 가령 꿈, 기억, 사건, 인물, 이미지 등과 같은 것이다. 이는 희미하지만 뚜렷하게 자신의 내면을 두드리는 단서들이다. 반면 2부는 4·3 사건이 본격화되면서 바닥을 알 수 없는 역사적 심연까지 내려가 진실을 찾고자 한다. 인간의 실존적 비통함과 끔찍한 역사적 사건의 발화 지점에 다다르기 위해서다. 이는 크로노스와 카이로스의 시간을 살아가는 한 존재의 고투와 각성의 고백이다. 현재에서 과거의 진실과 만날 수 있는 안내자가 누구일까? 경하, 인선, 정심은 각기 다른 인물이지만 소설의 결말에 이르면, 이들은 누구라 불러도 이상하지 않을 것 같은 기억과 통증을 안고 살아가는 보편적 존재로 느껴진다. 2부 '밤'이 4.3의 심해, 그 바다 아래로의 추락과 하강을 그린다면, 3부 '불꽃'은 다시 상승의 공간으로 전환된다. 마치 간신히 성냥개비를 들고 불꽃을 일으키려는 사람처럼, 한 줄기 빛을 끝까지 사수하면서 날개를 퍼덕는 새처럼.

8

보이지 않는 길에서 길 찾기

3부 불꽃은 "눈과 혀가 없는 사람들 위에." "장기와 근육이 썩어 사라진 사람들." "더이상 인간이 아닌 것들." "아니, 아직 인간인 것들 위에." 그 숨 막히는 정적과 어둠에 갇힌 4·3의 희생자들의 육체와 영혼을 찾아 촛불을 들고 걸어가는 경하와 인선의 장면으로 시작한다. "검은 나무를 심는 프로젝트" "우리 나무들을 심을 땅"을 향해 걸어가는 두 사람. 진정한 애도는 무엇인가? 한 인간의 생명을 찾고 지키기 위해 목숨을 다하는 사랑은 무엇인가? 죽도록 절망하지만 끝내 포기하지 않는 사라지지 않는 "불"은 무엇인가? 숭고한 진혼제는 작별하려는 의식이 아니라, 작별할 수 없다는, 작별하지 않겠다는 기억과 약속이다.

"그 겨울 삼만 명의 사람들이 살해되고, 이듬해 여름 육지에서 이십만 명이 살해된 건 우연의 연속이 아니"라는 것을 증언하기 위해, 갓난아이의 머리에 총을 겨누고, 누구를 살해해도 아무렇지도 않았던 죽음과 광기의 악을 폭로하기 위해 여리고 아픈 두 여성이 걸어간다. 그들은 마을과 도시에서 광산과 거리에서 살해되고, 암매장되고, 유해조차 거두지 못했던 침묵과 공포의 심연에서 흔들리는 촛불을 든다. "진동하는 실 끝에" 간신히 걸어가는 한없이 약하고 아픈 자들의 한 걸음. 작가 한강은 차가운 겨울 떨리는 불꽃을 안고 걸어가는 그 한걸음이 진정한 사랑의 시작이라고 말하는 듯하다.

『작별하지 않는다』는 인간의 길에 관한 이야기이다. 보이나 알 수 없는 길, 찾지만 잡히지 않는 길, 시작했으나 끝을 확정할 수 없는 길에 관한 이야기이다. 익숙하지 않은 해도海圖를 들고 예측할 수 없는 곳을 향하는 것처럼 막막한 기대와 두려운 떨림으로 길을 묻는 이야기이다.

이것은 또한 고통에 관한 이야기이다. 짓이겨진 생명과 쓰러져간 육체의 전언이다. 폭력의 암초에 희생된 참혹한 죽음의 증언이다. 이토록 아픈 눈물의 서사를 덤덤히 읽어갈 재간을 가진 이가 과연 있을까? 곳곳에서 출몰하는 끔찍한 고통을 무심히 지나칠 수 있는 이가 존재할까? 그래서 우리는 『작별하지 않는다』를 아무렇지 않게 읽을 수가 없다. 4·3의 트라우마는 끝난 것이 아니다. 고통은 현재진행형이다. 고통을 느끼는 것도, 그 고통을 증언해야 하는 것도, 그 말해진 고통이 불러온 죽음 같은 현실로 되돌아와 상처와 아픔을 감당하는 것도 계속된다. 그것이 4·3 희생자들의 삶임을 한강은 고통받은 자의 몸으로 느끼게 한다. 그리고 고통을 끝내 사랑으로 껴안는 이들의 슬프고 아름다운 목소리를 들려준다.

한강은 뛰어난 문장가이다. 감각적 묘사와 치밀한 구성, 생생한 인물과 탄탄한 플롯, 아름다운 표현과 시적 비유가 매력적인 작가이다. 그는 다소 충격적이고 끔찍한 이야기를 전개할 때도 쉽게 책장을 덮지 못하게 만든다. 다음 문장을 읽지 않고는 배길 수 없는 서사의 알리바이를 넉넉히 제공하기 때문이다. 눈부시도록 아름다운 문장과 정교한 구성은 좋은 소설의 요건과 공식이 무엇인지를 우리에게 알려준다. 이것이 바로 고통의 독법을 거뜬히 뛰어넘게 만드는 그만의 저력이다.

하지만 이게 다가 아니다. 한강의 문장은 그가 아니면 도달할 수 없는 어떤 사태와 지대를 형성한다. 아픈 역사를 소재로 한 소설은 많지만, 한강처럼 지독하고 철저하게 역사의 심층부를 향해가는 작가는 드물다. 놀랍게도 많은 독자는 책장을 넘길수록 제주 4·3의 이야기가 낯설고 먼 '타인의 이야기'가 아니라, 점점 주인공과 가까워지는, '나의 이야기'로 읽게 된다. 이는 '타자의 서사'가 '나의 경험'이 되는 전이와 전도의 상상력을 가능케 한다.

소설의 이야기가 독자의 감각에 전이되는 것은 무엇보다 작가 스스로가 철저한 아픔에 자기 자신을 밀어 넣었기 때문이다. 한강은 고통의 증가를 가속하는 방식으로 소설을 몰아간다. 그것이 작가의 의지인지, 역사의 명령인지, 혼魂들의 부름인지 알 도리는 없다. 하지만 분명한 것은 그것이 무엇이든 작가는 고통의 벼랑에서 '진실'을 건져 올리는 몸의 증언자가 되려 한다는 것이다. 그런 점에서 한강의 소설은 절박한 경험주의자의 언어이다.

고통의 지대로 투신한 몸의 언어가 어찌 힘겹지 않을 수 있을까. 그렇지만 '타자의 이야기'를 '자기화'하는 지독한 산통을 작가는 기꺼이 감내한다. 고통스러운 역사의 사건의 안으로 자신을 기어이 밀어 넣는 이러한 행위는 '진실'에 도달하려는 지독한 몸부림이다.

한강은 자신의 문법이 "신체의 사용"에서 비롯된다고 말한다. 그는 "모든 감각의 세부를 사용"하는 몸의 문장, "필명의 존재로서 따뜻한 피가 흐르는" "전류"가 통하는 소설을 쓴다. 이러한 작가의 고투가 전이될 때 독자는 작가처럼 아프고 힘겨울 수밖에 없다. 그것은 고통을 통과함으로 쟁취된 지극한 사랑의 목소리이기 때문이다.

1) 강지희, 「환상이 사라진 자리에서 동물성을 가진 '식물-되기'-한강의 『채식주의자』」, 『파토스의 그림자』, 문학동네, 2023, 421쪽.

2) 여자에게 침묵이 그러하듯이, 시력을 잃어가는 남자에게는 시간이 살아 있는 유기체처럼 감각된다. "거대한 물질의 느리고 가혹한 흐름 같은 시간이 시시각각 내 몸을 통과하는 감각에 나는 서서히 압도됩니다." -『희랍어 시간』, 디 에센셜 한강 2판, 문학동네, 2023, 43쪽

3) 이 소설에 등장하는 여자는 살아가는 일이 필연적인 고통임을 가장 극명하게 보여주는 인물이다. 이는 한강의 시에서도 반복되는 주제다. 그의 시집에서 살아 있음은 값진 축복이라기보다는 고통의 수렁에 돌연 내던져져 매일 새로운 아픔을 얻어가는 일과 다르지 않은 것으로 인식되는데, 구체적으로 이는 물질로서의 육신에서 기인하는 고통이다. 이 때문에 죽음에 대한 지향이 드리우기도 하지만, 생의 환희에 대한 인식의 전환은 결국 그 모든 아픔을 감내하면서 부조리와 비명이 가득한 세상을 쉽게 포기하지 않고 증언과 직시를 계속해나가겠다는 시인으로의 자각으로 이어진다.

4) 이러한 오만의 구도는 훗날 요아힘을 통해 반복된다.

5) 한강, 「피 흐르는 눈 3」, 『서랍에 저녁을 넣어 두었다』, 문학과지성사, 2023.

6) 이 구절은 한강의 시 「피 흐르는 눈 2」에도 등장한다.

7) 플라톤은 본질의 세계인 이데아의 세계와 현상의 세계를 구분하는 이원론적 입장을 지니고 있었으며, 미 자체는 이데아의 세계에 속한 것이라

보았다.

8)「한강 작가와 신형철 평론가의 대담 : 5·18과 소년이 온다(2020년 11월 1일 국립아시아문화전당(ACC) 2020 아시아문학페스티벌 행사에서 진행된 한강 작가와 평론가 신형철의 특별 인터뷰 녹화본 재구성본)」,〈광주MBC〉, 2024.10.18. (https://www.youtube.com/live/sfvu6XOiBW8?si=Lys9wkHFZ9HTb_eG)

9) 마사 너스바움,『혐오와 수치심 : 인간을 파괴하는 감정들』, 조계원 옮김, 2015, 민음사, 226쪽.

10) 한강,「여름의 소년들에게」,『한강』, 문학동네, 2023, 331쪽.

11)「[인터뷰] '소년이 온다' 한강 "압도적인 고통으로 쓴 작품"」,〈KBS News〉, 2021.10.31. (https://youtu.be/u5trHm9Dg3k?si=xgSoyoMXHjFu0ZLL)

12) 정미숙,「정동과 기억의 관계시학」,『현대소설연구』 64, 한국현대소설학회, 2016.12, 112쪽.

13) 헤란트 캐챠도리안,『죄의식 : 일말의 양심』, 김태훈 옮김, 씨아이알, 2016, 231쪽.

14) 한국현대사사료연구소 편,『광주오월민중항쟁사료전집』, 풀빛, 1990, 1268쪽.

15) 혜란트 캐챠도리안, 앞의 책, 239쪽.

16) 위의 책, 같은 쪽.

17) 마사 너스바움, 앞의 책, 169~170쪽.

18) 장 아메리, 『죄와 속죄의 저편』, 안미현 옮김, 필로소픽, 2022, 100쪽.

19) 위의 책, 101쪽.

20) 한강, 『여름의 소년들에게』, 앞의 책, 334~335쪽.

21) 조연정, 「'광주'를 현재화하는 일-권여선의 『레가토』(2012)와 한강의 『소년이 온다』(2014)를 중심으로」, 『대중서사연구』 제20권 3호, 대중서사 학회, 2014.12, 132쪽.

22) 황정아, 「'결을 거슬러 역사를 솔질'하는 문학 : 『밤의 눈』과 『소년이 온다』」, 『안과밖』 38권, 영미문학연구회, 2015.5, 76쪽.

23) 한강, 「눈 한 송이가 녹는 동안」, 『눈 한 송이가 녹는 동안(2015 제15 회 황순원문학상 수상작품집)』, 중앙북스, 2015, 145쪽.

24) 한강, 『여름의 소년들에게』, 앞의 책, 331쪽.

25) 조르주 디디-위베르만, 『반딧불의 잔존 : 이미지의 정치학』, 김홍기 옮김, 길, 2012, 82쪽.

한강을 읽는다

초판 1쇄 발행 2025년 2월 14일

지은이 강경희 김건형 성현아 최다영 허희
발행인 강재영
발행처 애플씨드

기획·편집 이승욱
디자인 육일구디자인
마케팅 이인철
CTP출력/인쇄/제본 (주)성신미디어

출판사 등록일 2021년 8월 31일 제2022-000065호

이메일 appleseedbook@naver.com
블로그 https://blog.naver.com/appleseed__
페이스북 https://www.facebook.com/AppleSeedBook
인스타그램 https://www.instagram.com/appleseed_book/

ISBN 979-11-990729-0-9 03800

애플씨드에서는 '성장과 성공의 소중한 씨앗'이 될 수 있는 원고를 기다립니다.
appleseedbook@naver.com